2014 현대시를 대표하는

특선시인선

(사)창작문학예술인협의회 / 대한문인협회

QR CODE

제　목 : 하얀 세상
시　인 : 강승희
시낭송 : 김락호

제　목 : 문풍지
시　인 : 경규민
시낭송 : 노금선

제　목 : 추억을 먹고 사는
　　　　중년의 세월
시　인 : 공재룡
시낭송 : 노금선

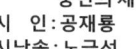

제　목 : 클로버 꽃반지
시　인 : 곽종철
시낭송 : 박영애

제　목 : 목련에게
시　인 : 김광섭
시낭송 : 최명자

제　목 : 김락호
시　인 : 김락호
시낭송 : 김락호

제　목 : 가을 바람
시　인 : 김미경
시낭송 : 김락호

제　목 : 코스모스 피던
　　　　언덕
시　인 : 김수잔
시낭송 : 박영애

제　목 : 신발
시　인 : 김옥자
시낭송 : 설연화

제　목 : 이 밤의 끝에
　　　　서서
시　인 : 김유한
시낭송 : 정연

제　목 : 바람 부는 날
시　인 : 김은식
시낭송 : 설연화

제　목 : RH LOVE 혈액형
시　인 : 김은정
시낭송 : 김락호

제　목 : 달마산 모정
시　인 : 김일선
시낭송 : 설연화

제　목 : 미연의 이별
시　인 : 김철호
시낭송 : 이경숙

제　목 : 삶
시　인 : 김화영
시낭송 : 설연화

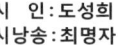

제　목 : 임진강은 유유히
　　　　흐르지만
시　인 : 도성희
시낭송 : 최명자

제　목 : 어느 가난한
　　　　밤에
시　인 : 문은자
시낭송 : 정연

제　목 : 가을에는 가을이
　　　　가깝다
시　인 : 박근철
시낭송 : 박영애

제　목 : 열, (10)
시　인 : 박목철
시낭송 : 박영애

제　목 : 종갓집 아침
시　인 : 배태성
시낭송 : 노금선

QR CODE

제 목 : 달팽이 인생
시 인 : 백낙은
시낭송 : 박영애

제 목 : 9월의 문턱에서
시 인 : 송준혁
시낭송 : 박영애

제 목 : 비 개인 날
시 인 : 신영희
시낭송 : 정연

제 목 : 어머니는
        첫사랑이다
시 인 : 안선희
시낭송 : 박영애

제 목 : 그리움 되어
시 인 : 안정순
시낭송 : 박영애

제 목 : 시혼을 찾아서
시 인 : 염규식
시낭송 : 박영애

제 목 : 가을엔 사랑하게
        하소서
시 인 : 이유리
시낭송 : 정연

제 목 : 그녀와 지팡이
시 인 : 이은성
시낭송 : 정연

제 목 : 느낄수 있음에
        감사하다
시 인 : 임세훈
시낭송 : 노금선

제 목 : 따뜻한 커피 한 잔
시 인 : 임숙희
시낭송 : 설연화

제 목 : 들국화 연가
시 인 : 임재화
시낭송 : 박영애

제 목 : 가을 달밤에
시 인 : 정찬열
시낭송 : 노금선

제 목 : 머무는 그리움
시 인 : 조한직
시낭송 : 이경숙

제 목 : 번뇌
시 인 : 주응규
시낭송 : 김락호

제 목 : 국밥집
시 인 : 주일례
시낭송 : 최명자

제 목 : 꽃이 되고 싶어
시 인 : 최홍연
시낭송 : 이경숙

홈페이지 바로가기
대한문인협회
(사)창작문학예술인협의회

🎵 시낭송 QR 코드는 스마트폰 QR 코드 리더기를 이용하여 시낭송을
   감상할 수 있습니다.

제9호
"명인명시 특선시인선"을
발행하며.

하와이 4,200(m) 높이에 서있는 마우나케아 산 정상에서 내려다 보는 일출이나 석양을 본 적이 있는가. 세상의 모든 아름다움의 어머니 같은 풍경일 것이다. 세상에 누가 그 광경을 보고 정상적인 호흡으로 숨을 내쉴 수 있을까 하는 의문점을 생각해 본 사람이나 노트르담 대성당 스테인드글라스 통해 쏟아져 오는 신비로운 빛의 황홀함을 눈으로 본 사람과 마음의 신앙심으로 본 사람의 차이는 무엇일까 하는 궁금증을 가져 본 사람이나, 그 열정적인 속삭임이 궁금하다면 책 읽기를 추천하고 싶다. 또한, 사람이 글로써 표현할 수 있는 사랑을 공감하고 싶거나 세상의 아름다움을 시어로 보고 싶은 독자들이 있다면 "명인명시 특선시인선"을 추천하고 싶다.

얼마 전 온라인 커뮤니티와 신문 사설까지 실린 기사가 하나 있다. 책 한 권이 150억 원이라는 기사 내용이 화제가 되었다. 이 책은 1640년에 미국에서 처음으로 인쇄기로 찍은 베이 시편집 11권 중 한 권이라고 한다. 엄청난 책값도 놀랄 일이지만 그 많은 돈을 주고 책을 산 사람도 관심의 대상이라고 한다. 김소월 시집 "진달래꽃" 초본을 가지고 있는 사람이 10억을 준대도 안 팔겠다는 이야기를 들었다. 실제로는 1억 정도에서 거래되지만, 물건이 없으니 부르는 게 값일 것이다. 몇억 원을 호가하는 우리나라 책도 많은 것 또한 사실이다.

이처럼 좋은 책 한 권이 어마어마한 가격으로 거래되는 세상에 살면서도 우리는 일 년에 과연 몇 권의 책을 읽는지 궁금하다. 우리나라 한 가구당 책을 구매하는 데 쓰는 돈은 이만 원도 채 되질 않

(사)창작문학예술인협의회 이사장 김락호

는다고 한다. 책 안 읽기로 유명한 우리지만 그중에서도 시집을 돈
주고 사서 보는 사람은 얼마나 될까 하는 궁금증을 가질 필요 조차
없는 세상이다. 서점에서 시집코너가 사라지고 대형서점에나 간혹
볼 수 있는 시집을 돈 주고 살 기회가 없는 것도 문제이지만 시인
들도 각성해야 할 일이다.

매년 발행되고 있는 현대시를 대표하는 특선시인선, "명인명시 특
선시인선"은 2004년에 처음 "인터넷에 꽃피운 사랑 시"로 시작을
했다. 그 이후 매년 결판 없이 꾸준히 출간되는 시집이다. 이제는
그 인지도가 대학의 도서관 비치목록에 올릴 만큼 작품성과 시인
들의 인지도도 함께 높일 수 있는 시집으로 거듭나고 있다. 올해도
역시 대한문인협회 회원들의 응모를 받아 그중 독자들이 좋아할
만한 작품들을 선정하여 시인 1인에게 10페이지를 기본으로 해서
총 36인을 선정하여 그들의 작품을 수록했다. 2014년이 기대되는
시인들의 詩를 감상할 수 있는 좋은 책이다. "명인명시 특선시인선"이
훗날 거액에 팔렸다는 기사를 우리 후손들이 볼 수 있기를 기대해
본다.

가나다순 수록

강승희 8

경규민 19

공재룡 30

곽종철 41

김광섭 52

김락호 63

김미경 70

김수잔 81

김옥자 92

김유한 103

김은식 114

김은정 125

김일선 136

김철호 147

김화영 158

도성희 169

문은자 180

박근철 191

가나다순 수록

박목철 202

배태성 213

백낙은 224

송준혁 235

신영희 246

안선희 257

안정순 268

염규식 279

이유리 290

이은성 301

임세훈 312

임숙희 323

임재화 334

정찬열 345

조한직 356

주웅규 367

주일례 378

최홍연 389

목차

1. 노란 가을에 띄우는 편지
2. 보랏빛 전설
3. 갈대밭에 내린 달빛
4. 오늘을 살자
5. 하얀 세상
6. 갯벌
7. 우영팟
8. 세상아 세상아
9. 어디쯤일까 1
10. 어디쯤일까 2

강승희 시집
가슴에 피는 꽃

시인 강승희 편

시작노트

황금빛으로 물든 가을 들판 눈부시고
알알이 익은 열매 송알송알 속삭이며
뜨겁던 태양은 식어 싸늘해진 해질녘
무덥고 지루했던 장마의 긴 여름 지나니
준비했던 옷 갈아입고 들꽃 미소 머금으며
풍성한 결실을 우리에게 내어 놓는다.
아리따운 여인 춤추듯 살랑대는 코스모스
한 송이 꽃을 피우기 위해 따가운 햇살
모진 비바람 견뎌낸 여름 이야기 들려주며
찢어지게 울어대던 매미들 어느새 간곳없고
과수원길 접어들어 언덕길 오르노라니
가지마다 주렁주렁 탐스럽게 매달린 능금
반짝이는데 입 벌린 밤송이 탐스럽다
연두 빛으로 봄을 알리고 청록색으로
단장했던 잎들은 물감을 풀어놓은 듯
어느 것 한가진들 향기 젖지 않은 것 없고
풍성하지 않은 것 없어 가보고 싶은 가을 밤
둥근달 바라보며 멀어져간 옛 친구 그린다.

 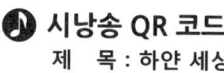 

시낭송 QR 코드
제 목 : 하얀 세상
시낭송 : 김락호

노란 가을에 띄우는 편지

노을빛 곱게 물든 언덕에 서면
빛바랜 일기장 속에서 찾아낸
노란 은행잎을 생각나게 한다.

지나간 반세기 삶 속에 잠자던
추억들이 뭉클 눈시울 적시며
젊은 날 그 일들 더듬게 하고

완숙된 채 아름답게 숨겨있는
모양 빛깔은 변함없는 그대로
완연한 가을을 만들고 있지만

오늘도 크고 작은 아픔을 넘어
노란 가을에 보내야 할 사연은
가슴앓이 소년 되어 보내야하는

파-란 높푸른 하늘 뜬 구름에
새롭게 시작하는 삶과 행복의
오늘을 적어서 띄울 뿐이다.

보랏빛 전설

아침 햇살
바다와 산 들 깨우고
덩달아
기지개 펴는 도시
생명있는 것들
숨쉬며
생동할 무렵
짙은 보랏빛
포도향기 풍기면
가을이 익어가는
전설 속을 찾아간다.

갈대밭에 내린 달빛

은빛으로 쏟아지는 달빛이
천사같이 갈대밭에 내린다.
하늘에서 들려오는 목소리
사랑하는 이에게 띄운 사연
임께서 잘 받아 보셨는지
궁금해 달빛 문안 전해와
그리움은 한 가닥 슬픔안고
지나가는 실바람에게 전하는
흐느낌의 소리 구슬프게
은빛으로 쏟아지는 달빛
영원은 순간일 뿐인줄
아마도 모르실거야
갈대밭은 슬피 울고 있었다.

오늘을 살자

내 생애에 가장 소중한 날은 언젠가
바로 오늘이다

내 삶의 가장 절정(絕頂)의 날은 언젠가
바로 오늘이다

내 인생에 가장 귀한 날은 언제인가
바로 오늘이다

내 일생에 가장 복된 날은 언제인가
바로 오늘이다

어제는 지나간 오늘이요
내일은 다가오는 오늘이다

그러므로 오늘 하루를
내 삶의 전부로 여기며 살아야한다

오늘을 소중히 사는 것이
영원을 사는 길이다

하얀 세상

🎵 **시낭송 QR 코드**
제　목 : 하얀 세상
시낭송 : 김락호

눈 꽃핀 자작나무 숲
그 길을 지나노라니
편한 세상이 펼쳐지고

내 안으로 나있는 길
천년을 버티어온 느티나무는
또 다른 생명을 길러내고 있었다.

격랑의 세월 견디어 낸
세월의 소용돌이 속에는
면면이 이어온 삶이 있었기에

하나 된 마음으로 하나 될
그날을 바라는 마음에서
하얀 세상 만들어 보세나

우리 서로 밀고 당기며
하얀 세상 만들기 위해
새롭게 텃밭 일구면

우리 겨레가 나아갈 길
이 길 밖에 없으니
세상아 서러워말고 하나되자

갯벌

밀물 썰물 물때 따라
바닷길 열리고 닫히는 그곳에는

갯벌이란 이름의 생명 밭이
많은 것을 내어주고 있었다.

굴 꼬막 바지락 맛살 백합 낙지
감태 파래 매생이 망둥어 밤게

물때 맞추어 들고 나는 어부들이
고깃배에 바다가 내어 준 선물 가득

삶의 터전 바다를 향해
어둠을 가르고 새벽을 열며

갯벌을 삶의 터전으로 고된 일도
마다않고 살아가는 포구 사람들

갈매기 노래에 신바람 나는
그곳엔 오늘도 만족이 넘치고 있다.

우영팟

봄여름 가을 겨울 얼지 않는
몇 평 안 되는 모서리 땅

괭이 호미로 텃밭 일구어
바람막이 낮은 돌담 쌓고

철 따라 씨 뿌려 가꾸며
상추 고추 무 파 배추 얻어

봄여름 가을 겨우 내내
싱싱한 채소 밥상에 올리는

비바리 냉바리 거친 일손
멀리 있는 장터에 가지 않아도

온가족 싱싱한 먹거리
부족함 없게 심어먹는

소박한 그들의 삶 속에는
우영팟이 있었다네.

*우영팟 : 사계절 푸른 채소 가꾸어 먹는 제주인의 텃밭

세상아 세상아

돈 십억 원이 뭐 길래
누구든 돈만 준다면
어떤 잘못을 저지르고도
감옥에 갈 수 있다는
청소년 세대 반수(44%)가
부모가 물려준 귀한 몸
돈으로 흥정하는 세태
인간의 본성이 사라져가는
비통한 이 현실을 이대로
그냥 두고 볼 수 있겠는가
어른들이여 인간성 회복을 위해
사람을 찾아 등불을 켜자

어디쯤일까 1

우주의 한가운데는 어디쯤일까
북극성일까 어느 별일까
태양일까 달일까 지구일까

은하계 한가운데는 어디쯤일까
무한대의 시작과 끝은 어디쯤일까
둥글까 네모일까 평평할까

시작이 있고 끝남이 있다는데
시간이란 공간속의 현재에서
바람타고 바람 속을 나르면

시간과 함께 시간 속을 가지만
바로 그 자리에 머무르니
우주의 중심은 나의 마음속이었구나

마음의 눈으로 천지 만물을 본다.
모든 것이 나를 위해 존재하니
이 어찌 귀한 것들이 아니런가.

아름답게 생각하면 아름답고
별거 아니라 생각하면 별것 아니다
내가 먼저 모든 것을 사랑해야지

그들도 나를 사랑하게 될 것이다.
내 마음속이 우주의 중심이니
마음을 더럽히지 말아야 하겠다.

어디쯤일까 2

셀 수 없는 우주(宇宙)
우주가 한 점에 불과한
탄생의 비밀은 찰라의 순간

변화를 거듭하는 우주
만물 생성의 뿌리
단세포(單細胞) 생명체가 다세포로

진화를 거듭한 지난세월
대기(大氣)가 넘쳐 오존층 형성
지표(地表)면 생명체 생겨나고

내가 생겨났으면
내 마음이 우주의 중심인 것이니
내가 먼저 모든 것을 사랑해야지

* 가모 교수 이론 : 우주 탄생과 기원을 대폭발(大爆發=Big Bang)에 두고 있다. 그것은
온도와 밀도 수소만개 헬륨 천개가 융합 하여 만들어내는 새별(新星)
탄생 원리에 근거를 둔 것이라 함.

목차

1. 작은소리
2. 시대의 아픔
3. 도시의 橫暴
4. 북한산
5. 문풍지
6. 꽃가마가 가는 곳
7. 첫 번째 기적소리
8. 오솔길의 추억
9. 마른 잎의 절규

시인 경규민 편

♪ **시낭송 QR 코드**
제 목 : 문풍지
시낭송 : 노금선

시작노트

진주는 흙에 묻혀 있을 때는 더 이상 진주가 아니다. 하나의 돌멩이일 뿐이다. 세상 밖으로 나와 많은 사람들이 보고 "아름답다, 곱다, 멋있다."라고 평해줘야 비로서 진주로써 제값을 하는 것이다.

2014 특선시인선으로 선정해 주신 심사위원 여러분께 진심으로 감사를 드립니다. 시인이라는 세상에 태어난 지 얼마 되지도 않았는데 너무도 큰 영광입니다. 더욱 열심히 활동해서 시인으로서 제값을 받으라는 명령으로 받아 드리고 싶습니다. 많은 분들에게 기쁨과 마음의 휴식을 드릴 수 있다면 하는 바람입니다. 노력할 것입니다. 이 큰 영광과 기쁨을 몽매에도 잊지 못할 어머님께 선물로 바치렵니다.

대문 빗장 채우지 말라는 그 참뜻을
베갯잇 진한 얼룩이 무엇을 말하는지를
당신의 밤은 한없이 길었다는 것을

이제야 알았습니다

– 오 하늘이시여! 中

작은 소리

새벽이 눈 비비기 전 세상으로 나선다
지난 밤 방황하던 찬바람이
나를 웅크린 공룡으로 만든다
어기적거리는 몸짓으로 전철에 오르자
기척도 없이 사라진다
아직은 좌석이 넓어 마음이 넉넉하다
몇 몇 사람들은 저 마다의 모습으로 잠에 취해 있다
잠시 눈을 붙인다
내 순번을 부르는 소리에 습관적으로 일어나
아쉬움으로 따듯하게 덥혀진 자리를 밀치고 내린다

자라목으로 양 주머니에 손을 넣고 가는데
골목 모퉁이 슈퍼 문이 열린다
"드르륵"
어제와 같은 시간이다
黎明을 부르는 소리다

밀치고 밟히며 스쳐 지나고
서로 만나 손잡고 시시덕거리고
성내며 식식대다가 화해하고
술 잔 기울이며 넋두리하고
머리 맞대고 진지하게 고민하고
그러다가
어김없이 달력의 하루를 지워야하는 日常속에서
희망을 찾고 행복을 스케치하라는 소리다

골목길 집 앞에 놓였던 신문들이 자취 감추고
청소차가 남은 어둠을 쓸어 담고 휑하니 사라지자
해장국집 불빛이 뿌연 출입문 사이로 얼굴을 내민다
지난밤 짧은 인생의 한 켜를 쌓아온 젊은이들이 푸석하다
새벽바람이 스쳐 간 골목 어귀에는
목도리에 반쯤 얼굴을 묻은 커피 아줌마의
잔돈 세는 손이 퍽이나 재다
도시의 새벽은 늘 이렇게 열린다
언제나 작은 소리로

시대의 아픔

돌아보면 우린
참으로 긴 세월을
서로 눈 흘기며 부끄럽게 살아 왔네
너와 나의 울타리에 굳게 빗장 치고
기쁨보다 슬픔을
축복보다 분노를 마음속에 채우면서,
작은 아픔도 큰 기쁨도
서로가 마음속에 담는데 인색해하며
너와 나 그렇게 살아 왔네

마주보며 두 손 덥석 잡고
피안대소하며 등 두드려주던 우리가
작은 상처들까지 쌀쌀맞게 바라보는
서먹한 사이가 되어
따듯한 봄바람이 손짓해도
한 번 닫힌 빗장 내내 풀지 못한 체
원망을 키워온 흔적들이
너와 나의 마음을 더욱 얼어붙게 했지

이제
오랫동안 돌렸던 등 다시 돌려
놓았던 손 굳게 맞잡고
심장소리가 함께 울리도록
따뜻하게 포옹하며 하나가 되자
미움과 슬픔으로 덧난 상처 싸매고
서로의 아픔 보듬으며
너와 내가 아닌
우리가 되자 옛날처럼

도시의 橫暴

두 팔 벌려 내린 산줄기로 울타리 치고
오순도순 모여 살던 곳
한 줄기 두 줄기…
물줄기들이 손잡고 모여 만든 시냇물
송사리 버들치가 바지를 적셔주고
둑을 넘나드는 방아깨비 메뚜기와 숨바꼭질 하던 추억들은
익숙지 않은 네온사인의 호화스러움에
잔뜩 움츠리고 멀찌감치 물러서 있다

늘 이웃하며 마주치면서도
낯선 이방인 바라보듯 힐긋 거리며
아무렇지도 않은 듯 日常에 묻혀 산다
이따금
설익은 소리를 뇌까리며
골목길이 좁게 집에 오면
뒤 따라온 鄕愁가 냉큼 자리끼를 비운다
갈증이 찾아낸 샘물은
山體 같은 건물에 짓눌려 제자리하지 못하고
무거운 어둠속을 헤매고 있다

가물가물한 추억들
희미한 흔적들
수년도 담보 받지 못한 채
시대에 묻혀가고 있다

북한산

태고에 태어난 너는
喜怒哀樂의 鎔鑛爐였나 보다.

수 천도의 온도에서 쭉정이를 걸러내고
알곡만 챙기는

인내
침묵
너그러움을,

헤아릴 수 없는 긴 긴 세월을
흔들림 없이

지켜왔구나
다스려왔구나

문풍지

🎵 **시낭송 QR 코드**
제 목 : 문풍지
시낭송 : 노금선

기지개 편 개구리가 뒷걸음 치고
화사한 옷맵시를 드러내지 못해 안달하는
꽃망울들의 원성이 들린다.

양지쪽에 모여 있는 햇볕이 아직도 엷은데
윗목 소쿠리에 씨종자 감자가 日出 할 기세다

바늘구멍을 세차게 밀고 들어오는 황소바람에
참지 못한 문풍지가 그만 바르르 떨고
할머니는 인두로 화로 불을 꼭 꼭 다지고 계신다

문풍지가 떨어지기만을 기다리는 올 봄은
할머니의 손짓에 금방이라도 달려 올 듯
남쪽에 바짝 기대서있다

봄의 진맛은
할머니 손끝에 있다.

꽃가마가 가는 곳

집 주위를 둘러보던 꽃가마가 너울거린다
못내 아쉬워
반질대는 대청마루에 걸레질하고
부뚜막 무쇠 솥에 윤기를 더 내고서
뒤 곁 쪽문을 열고 나와 장독에 손맛을 더하더니
앵두나무에 붉게 익은 사랑만 소복하게 매달아 놓고는
정을 툭툭 털어
반닫이에 고이 감춰 뒀던 황금 옷에 꼭꼭 싸아 보듬고 간다

무성한 잡초가 좌우로 길을 열며
"이제 가면 언제 오나" 큰 절하고
지난 비에 웃자란 장미꽃도
울타리에 턱을 괴고 꽃잎을 떨군다
"한 번 가면 못 올 길을" 한 옥타브 높아진 조종소리에
살아있는 슬픔들이 뒤 엉켜 긴 행렬되어 뒤 따른다
산자락에 일군 밭에 남은 정 챙겨 묻고
짧은 길을 멀리 돌아
발자국들이 배어있는 오솔길을 굽이굽이 따라 가다
꽃가마가 사뿐히 내려앉은 곳

종착역이다
환승역이다
출발역이다
幽宅으로 가는 길 만이 있는

첫 번째 기적소리

멀리서 달려온 숨 가쁜 소리
아침을 깨우는 소리

칙칙 폭포 칙칙 폭포
뻐—엉

우리 동네 알람이었던 그 소리는
멀리서
아주 먼 곳에서
항상 우리 곁에 있다

허리끈을 질끈 동여맨 체
작은 소쿠리 옆에 끼고
텃밭으로 나가던 할머니의 모습이
뿌연 안개를 헤치며
서서히
다가오고 있다

주방문이 스르르 열린다.

오솔길의 추억

빛바랜 나뭇잎들이
가을의 끝자락에 매달려 있다
이따금 부는 바람이 심술궂다

들국화 한 송이
수줍음도 부끄럼도 잊은 듯
듬성듬성 남아있는 잎 새 하나 떨구며 반갑게 맞는다

바바리코트 깃 높이 세우고
예쁜 낙엽주워 입가에 대주며
팔짱 나눠 끼고 거닐던 오솔길
폭신한 오색의 양탄자 깔려있다

나지막한 산마루에 걸터앉아
간신히 가을을 붙잡고 있는데
바람 가 듯 누군가
살며시 어깨에 손을 내려놓는다
그 손 달아날까 슬며시 잡고 돌아보니
옛 추억의 그 여인
낯익은 미소로 내 곁에 앉는다

볼수록 생각 할수록 내 마음을 당기는
은은한 가을 향기의 그 여인

오솔길 따라 걸었다
옛날처럼 그렇게 사각사각 낙엽 밟으며

마른 잎의 절규

겨울의 문턱에서
잔득 움츠리고 있는 앙상한 가지 끝에

누렇게 말라버린
낡은 잎 몇 장이 철석같이 붙어있다

한 시절

이렇게
온 몸이 쇠진 되도록
열열이 사랑했노라고
아름답게 사랑했노라고

온몸을 바르르 떨며 절규한다

메아리도 없는데

시인 공재룡 편

목차

1. 작은집 나의 창가에서…
2. 산수유꽃 피는 마을
3. 가을 향기가 좋아서
4. 추억을 먹고 사는 중년의 세월
5. 제비꽃 피는 봄날에
6. 내가 살아야하는 이유
7. 그대 작은 숲에 반딧불이 되어
8. 행복한 인연
9. 목련이 피는 봄날에
10. 생각보다 저만치 가을이

🎵 **시낭송 QR 코드**
제 목 : 추억을 먹고 사는 중년의 세월
시낭송 : 노금선

시작노트

부족한 저를 특선시인선에 선정해 주
심을 진심으로 감사드립니다. 한걸음
나아가 더욱 문인으로서 증진하라시
는 뜻으로 감사히 생각하며 열심히 저
의 각진 부분을 다듬는데 열심히 노력
하겠습니다. 가을의 끝자락에서 지는
낙엽을 세며 맘 조리던 날이 엊그제였
습니다. 가을에 잔재가 여기 저기 많
이 남아 있는데도 그리움 한 조각만
슬쩍 던져놓고 안녕이란 말 한마디 없
이 가을은 먼길로 떠났습니다. 아쉽지
만 보내려고 합니다. 또다른 계절을
위해 자연의 법칙에 순응해야 되겠지
요. 어느새 저의 집 창가에 밤사이 하
얀 사랑 살며시 다녀갔네요.

작은집 나의 창가에서…

그제 모내기 한 논은
녹색을 뿌린듯 하고
과수원 뚝길 너머
녹음의 향기 코끝에 나른다.

서쪽을 향한
철새들의 길목인
나의 집 창가에
풀벌레 울음소리 사계절 머무는 곳

중년의 어깨 너머로
먼지 낀 세월 묻어 두고
오색별 하나 둘 내리는
초롱초롱한 별빛을 센다.

뽀얀 은하수 저편
강물 위에 낡은 조각배 타고
까르르 자지러지는
별들의 미소 꿈꾸며 산다.

산수유꽃 피는 마을

장독대 옆에
노란 산수유꽃들이
입으로 불면 날아갈 듯
물감을 뿌린 듯 피어있고
마을 어귀
고목나무 둥지 튼
까치가 봄빛 하늘을 향해 울어 댄다.

산모퉁이 외딴 집
돌이 아버지가 퇴비 싣고
밭에 일 가려나 보다
틸-얼 틸- 틸 틸
경음기 소리 메아리 쳐오고
뚝길에 돌이와 누렁이 앞장서 간다.

봄 햇살 비추는
돌이네 울타리 비탈길에
산수유꽃이 수채화 그릴때
까투리 푸드득
짝을 부르며 앞산으로 날아가고
산수유꽃이 노랗게 물들 때면
작년에 시집간 누이가 온다고 했는데…

가을 향기가 좋아서

중년의 처진 어깨 너머로
떨어지는 단풍잎 하나
잠든 내마음 설레게 흔들고
슬며시 외로움 한조각 던져놓고
가을 바람 따라 가던 길 재촉하고

퇴색된 가을 향기 배어 있는
억새 꽃잎 사이 헤집고
이름 모를 산새 한쌍 높이 날고
잠자는 허수아비 옷깃을 흔들며
갈 바람은 황금빛 들녘을 달려간다.

이순간 누군가 가만히 다가와
내게 무엇이 필요하냐고 묻는다면

추억을 먹고 사는 중년의 세월

🎵 **시낭송 QR 코드**
제　목 : 추억을 먹고 사는 중년의 세월
시낭송 : 노금선

봄빛은
아득히 빛 구름 속에 갇히고
중년을 훨씬
넘긴 나이라 그런가 보다
기억 저편에
잊어지는 것이 많아진다.

지나간 아픔이
무기력 속에 젖어 들고
이젠 체념이란
글자에도 익숙해 가며
늘 각인된
인생의 끝자락에 서성인다.

중년의 아픔이
조금씩 지워져가는 삶에
인생의 의미마저
상실한 끝자락에서
해와 달, 별이
다시 뜨는 위안에 삶이라고 할까

제비꽃 피는 봄날에

습기 머금 제비꽃 잎에
아롱아롱 떠오르는 그리운 얼굴
어쩌면 인생의 고갯길
함께하며 인연이 됐을 그 이름
지금쯤 중년을 훨씬 넘긴 나이에
어느 하늘 아래 어느 곳에 살고 있을까

뽀얀 안개속에
아지랑이 틈새 비단치마 두르고
고단하고 지친 중년의 어깨 너머
희미한 기억 속에 떠가고
나는 어디에서 왔고
나는 어디로 가며 어디쯤 와있을까

어느새 봄은 내 곁에 다가와
해맑은 미소로 손짓하지만
이젠 체념이란
두 글자에도 낯설지 않은 나의 삶에
오늘도 남풍 부는
제비꽃 핀 봄의 언덕을 서성거린다.

내가 살아야하는 이유

더 잃을 것도 없는 삶 속에
슬그머니 가슴 끝자락에
그리움 한 조각 던져놓은
이 가을은 아픔이었습니다.

내가 살아야하는 이유들을
가르쳐준 메밀꽃 춤사위와
해맑은 미소 속에 긴 한숨은
나를 향한 사랑이었습니다.

애태웠던 지난 여름 추억은
가을비 속으로 흘러 내리고
잊어서는 안될 그리움 있어
내가 살아야하는 이유입니다.

그대 작은 숲에 반딧불이 되어

땅만 보며 달려온 숨가쁜
고단하고 지친 나의 인생길
지나온 시간 모두가 헛된 삶은
아니라고 오늘도 자부하며 산다.

기억 조차 더 흐려지기 전에
오래 간직하며 남겨야 할 사랑과
버려야 할 미움들을 골라 내고
헛된 욕망의 잔재 털어버려야겠다.

하얀 길 위의 이정표 앞에 서서
길 묻는 늙은이 모습을 보며
이젠 체념이란 글자에도 낯설지않다.

은하수 저편 부서지는 달빛처럼
환하게 비추지는 못한다 해도
그대 작은숲에 반딧불이 되어
찬서리 내리는 그날까지 살고싶다.

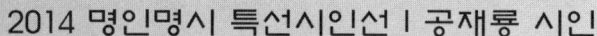

행복한 인연

행복을
기다리는 마음은
복사꽃 닮은 분홍빛일까

한없는
연두빛
봄빛 하늘일까

인전이
매마른 세월은
강물처럼 흐르는데

연인으로
맺은 그대가
따스한 나의 행복인 것을…

목련이 피는 봄날에

창문 흔드는 소리에
부시시 잠 깨어 바라보니
따스한 봄볕이 창가에
그리움이 앉아 졸고 있었다.

하얀 목련이 피던 봄날
그녀를 닮은 미소에
내 가슴은 콩당거리며
소녀처럼 마냥 뛰고 있었다.

지난 해 곱게 접어둔
그녀를 향한 그리운 편지인가
등 뒤에 다가와
포근히 감겨올 것 같은 봄날

하얀 여인의 목을 닮은
그녀의 아름다운 유혹인가
살며시 다가와 입 맞추고는
봄오는 길에 살랑살랑 춤춘다.

생각보다 저만치 가을이

돌이네 무너진 토담 너머
고개 내민 수줍은 감들이
배시시 분홍빛 미소 띄우고
가을 바람은 무심히 스쳐간다.

유난히 요란했던 긴 여름
숨 막히듯 애태웠던 그리움이
서러운 몸짓으로 밀려와
텅빈 가슴 속에 낙엽이 쌓인다.

기억 저편 추억 언저리 끝에
그대를 묻어 둘 수 있었다면
가랑잎이 구르는 소리에
이 가슴 붉게 타진 않았을 텐데…

시인 곽종철 편

시작노트

한 편의 시를 쓴다는 것은 자신의 마음 즉 세계관을 담아내는 것이기에 어떤 사유와 목적이 담겨 있어야 한다고 생각한다. 하지만 생각만큼이나 이를 담아내기란 쉽지 않기 때문에 때로는 스스로 만족하지 못한 작품을 독자에게 선보이고 있는 것은 아닌지 염려가 된다. 내가 바라는 지향점도 흐릿하면서 시류에만 좇아가는 것은 아닌지 아니면 너무 안일한 태도로 혼자 만족하는 시를 쓰고 있는 것은 아닌지 고민을 해본다. 그래도 시 작품의 완성도를 높이기 위해 토씨 하나를 어떻게 표현할 것인지를 두고 며칠을 고민할 때처럼 시련의 과정을 거치면서 태어나는 시들은 독자님들의 마음을 다소나마 헤아리고 어루만져 주며 굳어진 마음을 풀어주지 않을까 생각해본다. 많은 자작시가 이런 산고를 거치면서 태어나겠지만, 여기에 선보인 시들은 좀 더 독자님들의 마음에 다가갈 수 있는 시라고 생각한다. 이른 봄날 양지바른 곳에서 따뜻한 햇볕을 기다리는 목련꽃처럼 독자님들의 포근한 사랑을 기다린다.

곽종철 시집
마음을 흔드는 잔잔한 울림

목차

1. 소래포구에서 띄울 편지
2. 클로버 꽃반지
3. 한여름 밤의 불청객
4. 연꽃에서 빛을 찾는다
5. 산에 가면
6. 내 시혼(詩魂)
7. 순풍(順風)
8. 작은 새
9. 갯벌에서 들리는 아우성
10. 이웃사촌

♪ 시낭송 QR 코드
　제　목 : 클로버 꽃반지
　시낭송 : 박영애

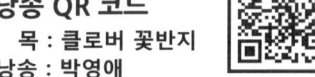

소래포구에서 띄울 편지

이렇게 적어 봅니다.
너무 변해 속살까지 변했다고
숨 가쁘게 달리던 협궤열차
정을 덤으로 주던 시장 아줌마
혼자 외롭게 거닐던 발자국
모두가 지워진 길을 걸었노라고

이렇게 더 적어 보내렵니다.
바다의 흔적도 썰물에 쓸려갔나
갈매기도 찾지 않는 바다에
어부는 어디 가고 빈 배들만
갯벌에서 졸고 있다고

그래도 그리워지고 보고 싶어
재래어시장을 들렸더니
"드시고 가라며 반긴다."고
다시 적으렵니다.

P. S : 쓸려간 흔적을 밀물 때는 볼 수 있을까
　　　 싶어 기다립니다.

클로버 꽃반지

♪ 시낭송 QR 코드
제　목 : 클로버 꽃반지
시낭송 : 박영애

클로버 꽃향기에 이끌려
하나 둘 둘러앉아
정답게 소꿉놀이하던
그때가 그립습니다.

누가 먼저랄 것 없이
네 잎 클로버 찾아들고
꽃시계 만들어 차고서
천하를 얻은 것처럼
날뛰는 모습 그려봅니다.

클로버 꽃반지 만들어
누구에게 줄까 망설임도 없이
떨리는 손으로 끼워준 반지로
홍당무처럼 돼버린 그대 얼굴에
나 혼자만의 괴로움을 내려놓는
달콤한 희열(喜悅)이 돋아납니다.

클로버 꽃향기가 코끝에 맴돌 때면
장미꽃처럼 피어오르는 그대 모습이
꺼져 가는 모닥불에 불쏘시개 되어
잔잔했던 내 가슴을 또 태운답니다.

한여름 밤의 불청객

귓전에 맴도는 앵~하는 소리에
겨우 잠들었던 단잠을 깬다.

눈 깜짝할 새라지만
배가 터질 만큼 배를 채운 불청객,
그래도 허기진 배를 더 채우려고
이리저리 찾느라 정신이 없네.

내 피를 빨아 먹은 원수 놈이라
힘차게 손을 휘둘러보지만,
가벼운 날갯짓으로
어디론가 숨어 버린 얄미운 불청객,

살아야겠다는 몸부림에
종족 보전을 위한 도전이랄까.
불안과 짜증이 머리끝까지 올라갈 때면
까만 밤은 하얀 밤으로 변해가더라.

날이 새면 나 또한 살기 위해
어디에서 기웃거려야 하나.

연꽃에서 빛을 찾는다

그대는 날 때부터 다르다더니
소리 없는 웃음에 마음이 편안하네요.
그대 닮고 싶은 마음에 또 찾아왔소.

길게 뻗은 줄기가 갈대처럼 유연하고
우산처럼 넓고 푸른 잎이 깨끗하여
한 방울의 물조차도 머물지 못하게 해
맑은 마음을 잃지 않는 표상이 되었소.

그대의 둥글고 활짝 웃는 모습 그려보면
몸과 마음이 저절로 맑고 포근하더이다.
한 자루의 촛불이 어둠을 밝히듯
꽃 한 송이가 세상을 밝게 하는 빛이 되네요.

진흙탕에서 자라지만 거기에 물들지 않고
물속에 썩은 냄새마저 향기로 바꾸네요.
꽃이 피면 꼭 열매를 맺는 지혜로움에
온 세상이 그대 향기로 훈훈하구려.

그대를 닮고 싶은 어리석은 마음에
호들갑을 떨며 조르지는 않겠소.
꿈속에서라도 그대와 함께하고 싶소.

산에 가면

산에 가면
찡그린 얼굴 주름살 펴고
그대를 만날 수 있을 것 같다.

고요한 숲 속에서 들려오는
새소리 풀벌레 소리는
변함없이 나를 반길 것 같다.

바위 틈새 비집고 솟는
약수 한 모금은
묵은 체증도 내려갈 것 같다.

산이 좋아 산에 가면
바라고 바라던 일들이
술술 풀릴 것 같다.

내 시혼(詩魂)

그대는 숨어 숨 쉬고
그 숨결 마음의 그릇에 담아본다.
그 그릇이 한없이 크고 넓어서
내 마음먹은 대로 담아보고 싶다네.

사계절의 변화는 물론이요
흐르는 물소리까지 담고 싶다.
바다에 가면 파도소리 갈매기 소리
모래사장에 뒹구는 소리까지 담고 싶네.
시장 밑바닥에서 들리는 소리라고
지나친다면 무엇으로 채울지 두렵다네.

쉴 새 없이 흘러가는 크고 작은 세상사에
짧은 시구(詩句)로 그대를 불러온다면
세상사람 마음에 잔잔한 물결이 일고
가슴마다 똬리를 틀지 않을까 싶네.
몇 줄 시구(詩句)가 누군가 마음에 든다면
그대가 그 속에서 살아 숨 쉰다는 거겠지.

시대가 흘러가도 그대가 사랑을 받으면
시를 지을 수 있는 나 또한 즐겁다네.
영원히 그대를 내 곁에 머물게 하고 싶소.
세월을 뛰어넘는 시를 짓고 싶어서

순풍(順風)

바람 부는 대로 가노라면
내 갈 곳이 점점 멀어지네요.
이렇게 부는 바람도
당신이라 부를 수 있나요.

배가는 쪽으로 분다고 모두가
당신이라고 부를 수 없잖아요.
바다가 요동치고 나무가 쓰러지는
폭풍을 당신이라 부르지 말아요.

바람아, 내 갈 곳으로 불어다오.
꽃향기 실어오는 실바람처럼 불고
흐르는 땀 시원하게 씻어 주며는
고마운 당신이라 부르리라.

작은 새

안마당에 서 있는 모과나무에
작은 새 두 마리가 찾아드네.
서로가 마주 보며 눈만 굴리더니
어느새 입에는 벌레를 물고 있네.

아주 기뻐 노래라도 부를만한데
웃음소리마저 전혀 들리지 않네.
눈빛으로 몇 마디를 주고받더니
바쁜 날갯짓으로 가버린 작은 새.

내 눈에는 사라지지 않는 작은 새,
조잘대는 새끼의 장한 어미 새라지.
배운 데로 잘 행하는 예쁜 작은 새
보노라면 한심한 내 꼬락서니 보소.

갯벌에서 들리는 아우성

따스한 봄기운이 전해질 때부터
물때에 따라 펼쳐지는 갯벌에서
소리 없는 아우성은 시작된다.

당신이 밀려오면 평화로운 삶의 터전이
당신이 밀려가면 아수라장이 되는구나.

모종삽 호미 들고 떼거리로 몰려와
숨어있는 구멍까지 파헤치며
"펄 반 조개 반"이라며 잡아가는
얌체 짓에 씨가 마른다네.

잡는 손맛이 이거라며 엄지를 펴 보인다.
미물(微物) 목숨도 소중한 생명인데도
펄의 매끄러움을 온 발로 즐긴다며
무자비하게 밟아버리면 어디서 살까.

인간들아!
즐거움을 쫓다 보면 큰코다친다.
이제라도 마음속에 검은 때는
짠물로 씻어 바람에 말리고
보채지 않아도 봄날이 오듯이
포근한 햇살 맞으며 함께 살자꾸나.

이웃사촌

아무리 둘러봐도
너와 나 밖에,

언제나 얼굴 마주 보며
오순도순 살아갈 사이라오.

기쁨도 슬픔도 함께 나누며
웃음꽃을 피울 정다운 사이라오

너와 내가 함께 오고 가면은
쌓이는 게 정이요
느끼는 게 인간미(人間味)라.

모레 바람 불어올지라도
아름다운 세상 만드는데
초석(礎石)이 될래요.

시인 김광섭 편

목차

1. 사랑은 파도처럼
2. 고백
3. 8월 31일 그때
4. 바람이 되어
5. 신호등
6. 雨 덧없이 흘렀어라
7. 목련에게 (눈물)
8. 목련 (운명)
9. 가을비가 옵니다
10. 인생 (人生)

🎵 시낭송 QR 코드

제 목 : 목련에게
시낭송 : 최명자

김광섭 시집
내 마음의 보석

시작노트

산에게 구걸하고 바다에게 강물에게 하다못해 도랑물에도 구걸하고 꽃에게 구걸하고,지나가는 사람에게 구걸하고 그리고 인생에게도, 심지어는 제 자신에게도 구걸한답니다.

온통 구걸하여 짜맞춘 것이 시가 되었으니 어찌 제가 시인이라요.그냥 시의 거지입니다. 제 스스로 쓴 게 없습니다. 모두 다 구걸하여 제가 모아둔 것뿐. 다만 손가락만 사용했습니다.

사랑은 파도처럼

처얼썩~
하늘빛 바다에서
초록 노래 듣고 있으면
파도는
그리운 당신의 편지가 된다

점점이 다가와
"사랑해"라고
하얀 글씨 쓰고
흩어져 날리는 음표는
갈매기가 쪼아 먹는다

저 멀리 수평선은
영원히 변치않는 사랑되라고
자꾸만
자꾸만
파도를 만들어 내게 보낸다

사
랑
해

고백

마음으로 그리워하며
비둘기를 날려 보냈습니다

눈물로 말아먹은 밥알이
목구멍을 찌릅니다

이루어질 수 없다면
마른 꽃봉오리 사랑이라면
당신.

나 죽은 다음해 그날
정성으로 불 때고 사랑으로 밥 지어
살아생전 고픈 마음 먹여주오

비둘기 돌아와
영혼의 사랑을 쪼을런지
그리움을 먹으면 그리움 더 하는 것을…

8월 31일 그때

2009년 8월 31일
삶이 허우적허우적 산을 넘어갑니다
길었던 8월은
비에 씻겨가고
당신이 빈자리에 옵니다

삶이 어느새 울고 있습니다
제 살 뜯어 홍색 내는 이파리처럼
노을이 우는 것처럼
안타까운 시간이 울고 있습니다

옷깃 여미어지는 아침이면
여미는 듯하여
그렇게 오신 당신을
언어를 버리고
癎疾을 안겠고
뇌경색을 안겠습니다

순간 창에서 나갈지라도
마음 밭 주위에 서 있는
바라기. 바라기가 되겠습니다
구월에…
그…후…

바람이 되어

인생은
그림 위에 바람 같은 한 폭의 詩
라 여기다가
한 줄기 바람이 되어버렸습니다

산 넘고 물 건너 그리고 시간 건너
부질없이 흐르는 길에
아무리 둘러봐도 내 당신은 없기에
눈물이 가득가득 고였습니다
그리워 그리워
눈앞에 떠올릴 때마다
마음은 한 움큼씩 바람이 더 되어 버렸습니다
목소리라도 듣고 싶어
보이는 것마다 두드리며 말했습니다
 "여보세요,
눈썹이 까만 계집애니?"

끝내
열리지 않는 문…
당신의 마음을 오늘도
나는 바람이 되어 두드리며 울먹입니다

우웅 우우웅

신호등

시작도 끝도 모를 길을
끝도 시작도 없는 사람들이 지나간다

노랑 불이다
고개 뻣뻣한 갈지자(之)이다
늙은 애인의 눈이 응큼하다
죽은 자와 손을 잡고 의기양양하다
가랑이 사이로 핏물이 뚝뚝 떨어진다
비에 젖은 중, 목사, 무당이 떼를 짓는다
시장바구니에는 해골이 가득하다
무슨 일 있냐는 듯 모두는 마냥 분주하다
엉키고 설키고
아이의 알아듣지 못할 언어만 바람이 될 뿐
온통
똥, 조개젓, 돼지 순대, 싸구려 화장품 냄새들이다
간 자가 다시 오고
낯선 자들의 겁탈하는 신음소리가 바닥에 흥건한데
여전히 노랑불이다

정녕
정전없는 신호들이런가?

도대체
수리공은 고장을 모르는지, 처먹고 코만 골고 있는가?

雨 덧없이 흘렀어라

생겨남이 어떻던가
알지 못할 인연을 운명으로 여기며
아침 먹고 달빛 먹고
모를 곳으로 흘렀어라

삶도 죽음도 순간이라
女子의 사랑보다 짜고 男子의 순정보다 쓰게
정처없는 가슴으로
덧없이 덧없이 흘렀어라
…… 흘렀어라

목련에게 (눈물)

🎵 **시낭송 QR 코드**
제　목 : 목련에게
시낭송 : 최명자

아침도 되기 전에
봄이 하얗게 앉아 있어
가만가만 들여다본다

오랫동안 참고 견뎠구나
질기도록 감추고 지냈구나
미처 햇살이 펴지기도 전에
임 소리 반가워 서둘러 나온 것 보니
정녕 사랑이었구나

아서라 목련아
행여나 가던 겨울이 시샘하여
꼬리 한 번 툭 치면
네 여린 연정 어이하리

조금만 더 눈물을 간직하렴

목련 (운명)

현실을
거역할 수 없기에
잎새 없는 목련꽃 아래서

안타깝기만 한
지난날들이
지금이
울컥 토해져 나오는데

깃 빠진 새 한 마리 날아와
꺼이 꺼이
울며 쪼아 먹는다

別離, 恨의 운명이여!

"새야, 새야
나 닮아 헐벗은 새야
떨어진 목련은 밟지 말아다오
제발…"

가을비가 옵니다

가을비가 옵니다
여름 지나, 추석 지나
첫 가을비가 옵니다

오랫동안 다문 입술 사이
가둬둔 정이 조금씩 배어 나옵니다
너무도
아쉬움이 채곡채곡 포개어져
이제는 눈물로도 통곡인 듯합니다
오늘 오늘 한, 기다림이
사무친 듯 그리도 서러운가 봅니다
견디며 참아 온 진정이
울컥하며, 오늘은

가슴을 열어
철 철
그리움으로 옵니다

인생 (人生)

꿈이
방울방울 올라가
비가 되고
눈이 되고

그리움이
사박사박 내려와
시가 되고
노래가 되고

시인 김락호 편

목차

1. 몽정
2. 중년의 남자는 안다
3. 나를 버리자
4. 썩끼가 뚱개였다네
5. 버리지 못하는 너
6. 세상에 버려진 돼지

🎵 **시낭송 QR 코드**
제　목 : 버리지 못하는 너
시낭송 : 김락호

시작노트

하와이 4,200(m) 높이에 서 있는 마우나케아 산 정상에서 내려다보는 일출이나 석양을 본 적이 있는가. 세상의 모든 아름다움의 어머니 같은 풍경일 것이다. 세상에 누가 그 광경을 보고 정상적인 호흡으로 숨을 내쉴 수 있을까 하는 의문점들을 글로 표현하고 싶다. 노트르담 대성당 스테인드글라스 통해 쏟아져 오는 신비로운 빛의 황홀함을 글로써 표현하고 싶다. 너와 내가 서로 공감 할 수 있는 사랑을 이야기하고 싶다. 세상의 아름다움을 詩로 짓고 싶다.

김락호 시집
눈 먼 벽화

몽정

너를 품었다
X-ray 필름처럼 속을 들여다본다.

그리고
물안개 가득한
호수 속으로 기어들어 갔다.

덜컥 겁이 난다.

안개는 눈을 가리고
물은 호흡을 막는다.

그리고
황홀한 불꽃을 보다
침묵속의 외침을 들었다.

중년의 남자는 안다

가을비가 내리던 어느 날
길을 가다
갑자기 아랫도리가 묵직하다.

이런 젠장 배까지 아파져 온다.
큰일이다.

할 수 없이
누런 은행잎 주렁주렁 달린 나무 옆에서
힘을 주고 받들었다.
그런데 이 뭐꼬
머릿속은 폭포를 그리는데
현실은 졸졸거린다.

은행잎에 떨어지는 빗소리가
내 오줌발 소리보다 크다
이런 젠장맞을,
마음은 아직 첫사랑이 생각나는데.

나를 버리자

엉덩이에 힘을 주고
똥숫간으로 달려가야겠다.

내 속에서 버려야 할 것이 많은 것인지
속이 뒤틀림을 너무 오래 참았나 부다.

아마도 내 속에는 연가시가
대여섯 마리는 사나부다
염병할

똥을 싸야겠다.
누런 똥, 희끄무레한 똥,
꺼머스레한 똥, 아니면 물똥,
시뻘건 똥을 싸야 하나
아니다 누런 황금 똥이 나올 때까지 싸야겠다.

살쾡이처럼 슬며시 들어와 내 속에 기생하는
모든 것들을 버려야겠다.

썩끼가 똥개였다네 (諷刺詩)

순진한 동네 사람들이 추천하기에
집도 좀 지키고 가끔 말동무나 할까 하고
유기견 한 마리를 얻어다 키웠던 게야

이놈 다른 집에서 되숭대숭질을 하다
한번 쫓겨난 경력이 있는 놈이라
다솜을 가지고 잘 대해 주려 했는데
오는 날부터 밑구린 짓에 말썽을 부려
온 동네가 시끄러웠던 게지

발정 난 똥개 새끼처럼
옆집 사는 바둑이와 몸것 짓에
온갖 발김쟁이질을 해대는 꼴을 보고
동네 사람들은 하나같이
저놈은 분명 더뎅이를 씻으려
된물 뒤집어쓴 것을 숨긴 놈이라는
손가락질에 주인은 개망신 중인 게야

밥이나 축내는 식충이에
집안 곳곳을 되작거리질을 하며
기둥을 갈아 먹는 똥개였던 거지
밀알지게 생긴 저놈을
유전자 감식이 끝나면
된장을 발라 버리던지 뜰망에 가두어야겠네 그려……

버리지 못하는 너 (금연시)

🎵 **시낭송 QR 코드**
제 목 : 버리지 못하는 너
시낭송 : 김락호

그녀는 늘 나와 함께 하기를 원한다.
나도 그녀가 싫지만은 않다.
사람들은 그녀와 나를 시기하고
그녀 향기를 품은 나를 꺼리기도 한다.
그녀와 결코 헤어질 수 없는 것인지
내가 그녀를 버리지 못하는 것인지
버리고 싶은 간절한 마음은
그녀를 향한 내 사랑보다 더 깊기만 한데
버리려 하면 그녀는 슬픈 얼굴로 나를 유혹하고
버릴 수도 가질 수도 없는 그녀를
오늘도 난
늘씬한 몸매를 어루만지며
마른 입술로 애무를 시작한다.
가슴 깊은 곳에서 그녀가 느껴지면
숨을 헐떡이며 깊은 정사의 늪에 빠져든다.
한 번 빠져든 그녀의 매혹적인 유혹에는 애도 어른도 없이
뼛속 깊은 곳까지 흔적을 남긴다.
그녀의 요사스러운 매력에 오늘도 나의 호흡은 희롱당한다.
이별의 마음으로 굳게 마음 다잡고 뒤돌아서면
그녀의 매혹적인 향이 내 손을 이끈다.
늘 그녀와 사랑을 나눈 자리엔 희뿌연 허무와
바닥에 뚝뚝 떨어진 삶에 대한 회한(悔恨)뿐이다.

세상에 버려진 돼지

너무 작아 흔적조차 없다.
구린 바람만 세상을 휘덮고
혼탁한 먼지는 안개처럼 내려앉는다.

불타는 아궁이에
던져둔 누런 감자는
까맣게 타들어 재가 되었고
눈 내리는 겨울밤
옹기종기 모여 앉아
껍질 벗긴 고구마 먹던 시절은
TV 속 세상이 된 지 오래다.

서글픔의 비가 내린다.
변해 가는 세월을 한탄하며
낮 비는 추적거리고
나는 온종일 허우적거리는
물통 속에 빠진 돼지가 되어 버렸다.
도시를 질주하는 돼지는 오늘도
구정물 속 흰쌀로 살찌워만 간다.

시인 김미경 편

목차

1. 가을 바람
2. 임 마중
3. 임에게
4. 초화
5. 꽃
6. 나만의 계절
7. 방울꽃의 기다림
8. 나는요
9. 어제 같은 오늘 그리고 내일
10. 멍

 시낭송 QR 코드
제　목 : 가을 바람
시낭송 : 김락호

시작노트

이젠 제법 찬바람이 부는 초겨울 날씨입니
다. 신인상을 수상한지가 엊그제 같은데 이
렇게 특선시인선에 시를 출품하여 소감을 쓴다
는 것이 약간은 부끄럽고 어색하지만, 또한 자부심
도 있고 사명감도 있습니다. 아직은 미흡하고 부족
하지만 보다 성찰하여 훌륭한 시인으로 거듭나도록
노력을 게을리하지 않을 것입니다. 문우님들께서 많
이 도와주시리라 믿습니다. 밤이 깊어가는 시간입니
다. 모두가 건승하시고 향필하시며 본인과 가정에 무
한한 행복이 깃들기를 소망합니다.

가을 바람

🎵 **시낭송 QR 코드**
제　목 : 가을 바람
시낭송 : 김락호

해진 들녘에 풀벌레 울음소리
깨꽃 송이 날리던 하얀 추억
위로받고 싶은 중년의 코스모스 바람은
쓸쓸한 산등성이를 오늘도 홀로 넘는다.

새로운 정거장 앞에서 기다리는 시간은
어둠이 내려와 가로등 불빛에
이슬로 젖어드는 눈시울은 붉은데

너는 저 하늘의 반짝이는 은하수
나는 너를 바라만 보는 푸른 강물이었던가.

갈대숲을 거니는 슬픈 달그림자
품에 고이 안아다가 마음 안에
쉬게 하고 싶은 욕심은

낯선 이름의 창을 노크하듯이
두근거리며 먼 옛날 수줍은 볼 우물에
한 가닥 여운으로 내려앉는다.

임 마중

분홍립스틱 여린 향기를 쫓아
흰 나비는 입술에 앉아 춤을 추네.

징검다리 사이로 손 내민
설레던 가슴은 고개를 들어
임 마중을 나오고

돌다리를 딛고 서서 기다리던 시간이
하얀 추억을 불사르며
별빛 창가에 기대어 잠이 든
지난 기억을 깨워 일으키니

분 냄새 치마 폭에 쌓인 흔적을 털고
밤하늘에 둥근 달 등불을 삼아
고운 임이 그리움을 안고 나를 찾아오시네.

임에게

무지개 연못 지나
오시는 임아
이제야 나를 보고
손짓하는 바보 같은 임아
오랜 세월 기다렸노라고
웃으면서 말하기에는
너무 아픈 기억이 많아
처음부터 살아가자 하기에는
또 너무 긴 세월
돌이킬 수 없는 것이
아쉬운 오늘 이 저녁
그대는 또 무엇이 되어
내게 오시려는지요….

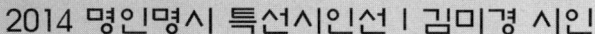

초화

푸른 숲 속 비밀 창고에
가득 쌓여 있는
이야기보따리를 풀어 놓으니
호랑나비와 벌들도 잠에서 깨어
흥겹게 춤을 추고
우리들의 추억을 꺼내어
들풀 위에 얹어 놓으니
한 폭의 산수화로 탄생하누나.

이젠 맹세하자
언제나 따라다니는
둘만의 사랑을 모아
아름다운 꽃의 낙원
이 땅에서 너는 나무가 되고
나는 잎이 되어 살아가자고….

꽃

영롱한 이슬처럼
빨간 꽃망울 필 때
나는 여자로 태어났고
그 꽃잎 질 때
여자로서 향기를 잃었다.

늘 나는 꽃이라고 믿었는데
먼 하늘 밑 지금의 나는 누구인가

해지는 들녘에 메마른 들풀처럼
외로움이 스친다….

나만의 계절

바람에 구름 가듯이
우리의 짧은 인생도
세월을 따라 떠나가리
그렇게….

핑크빛 수줍은 미소는
빨간 장미의 향기
시샘으로 그늘이 지네
모든 이치가 그러하듯
봄 여름 가을 겨울 사계절
너만의 생각을 따라
돌던 마음의 해바라기는
이제 서서히 지고 마는구나.

행운목 분갈이를 하고
꽃이 피어나듯이
새로운 길에서 마주한 당신은
어쩌다 어쩌다가
높은 하늘과 넓은 바다의 만남처럼
이제야 내 마음의 창을 여시는가?!

방울꽃의 기다림

들뜬 환희의 질주
싸이 말춤을 추며
달리는 거리의 물결로
세상은 뒤흔들리고

들판에 널린 푸름과
강물처럼 맑은소리로
당신은 급히 달려오지만

나는 목마른 갈증으로
이미 말라 죽은 샘물
돌이 되어 앉아 있네.

목을 빼고 기다리며
부서진 우리의 흔적을
고이 접은 종이학의 슬픈 눈물
천 년의 약속을 안고

당신 발자국 따라 도는
은은한 방울꽃 향기로
머무는 시간이 되리라.

나는요

나는요
백 송이 장미와 화려하고 예쁜 옷 선물보다
"너만을 사랑해"라고 속삭이는 당신의 말 한마디가
내 마음은 녹게 하는 솜사탕같이 달콤합니다.

나는요
빛나는 보석, 명품가방, 럭셔리한 파티보다
당신과 깍지 손을 끼고 바다 향기가 그윽한
가을 사이를 걷고 싶습니다.

나는요
비가 오나 눈이 오나 바람 부는 날에도
당신의 따스한 입김으로
내 가슴은 촉촉이 젖어듭니다.

정말 나는요
이 세상 어떤 것보다도 바꿀 수 없는
우리 둘만의 사랑.

그 소중한 사랑 하나만으로도
충분히 행복합니다.

어제 같은 오늘 그리고 내일

내 목숨 꽃 지고 없어도
이 세상 시계가 멈추겠는가.

허기진 배 채우려고
죽음의 언덕을 넘는
오장육부 찢기는 아픔
베고 누운 하늘아.

장기매매 알선 광고지가
바람에 나뒹굴 때
오늘의 끝을 잡고 신음하며 죽어 갈
내일의 슬픈 영혼들이여.

아픈 자식 손 같은 고사리 목숨도 앗아 간
어제 같은 오늘 그리고 내일
달력 날짜가 부서지는 눈물은
먼 훗날, 우리를 부르는 소리만 같아라.

멍

향이 짙은 노란 국화차를 마시며
햇살이 익어가는 그 날 오후 나타는
사해 바다를 넘는다.

무엇이 그리운지도 모르면서
누군가 보고 싶고 울고 싶고
슬픈 것들로 가득 차오른다.

그 생각 안에는 무엇이 담겨 있을까.
황량한 사막을 넘는 기분으로
그 이상도 그 이하도 아닌 너의 가슴을 붙잡고
뜨거운 모래언덕을 걷는다.

호기심 많은 어린아이처럼
보채고 바라는 것이 많아질 때면
그 자리에 누가 있는지 조용히 찾아가
강조하고 싶은 집착을 내려놓고 싶다.

목차

1. 찬란한 5월이 안겨옵니다
2. 그리움의 빛
3. 새벽을 여는 그리움
4. 토론토의 해 뜨는 아침에
5. 코스모스 피던 언덕
6. 아름다운 봄날에
7. 그대와 나는
8. 당신은
9. 가을이 오는 길
10. 무궁화

시인 김수잔 편

 시낭송 QR 코드

제　목 : 코스모스 피던 언덕
시낭송 : 박영애

시작노트

부족한 저의 시를 2014년 현대시 특선시인선에 선정해 주신 소식을 접하고 감사와 함께 감격입니다. 제 뼈가 자란 정든 조국을 떠나 캐나다에 새로운 삶을 시작했고 늘 좋아했던 그 무엇을 쓰고 싶었으나 새 삶인 이민생활에 바쁘게 쫓기며 살다보니 글 쓸 마음의 여유가 없었고 가을에 들어선 제 나이, 이제라도 그동안 그리워하는 조국과 캐나다 삶으로 접목된 이민 생활에서, 대자연과 더불어 저의 삶 안에 기쁨 아픔, 희망도 함께 나눌 수 있는 저의 작은 삶의 향기를 쓰고 싶었습니다. 설익은 저의 글이 선정됨으로 용기와 힘을 주셔서 앞으로 더 열심히 창작활동을 다짐해 봅니다. 사랑하는 가족을 비롯해 저를 아껴주시는 모든 분께 이 영광을 함께 하고 싶습니다.

찬란한 5월이 안겨옵니다

땅을 부드럽게 포용하고
키우는 5월의 대지가
신록으로 아름답게 펼쳐집니다

풋풋한 초록향 바람은
우릴 정원으로 공원으로
꽃들의 잔치에 불러냅니다

새 옷 입은 연두색 나무에선
이름 모를 뭇 새들의 노래와
하늘은 파란 물로 가득하고

싱그런 푸른 대지 위엔
당신의 숨결과 미소
당신의 순한 바람으로

건사한 당신 창조에
황홀한 5월의 빛깔은
무한한 행복을 안겨줍니다

시리도록 하얀 아카시아 향이
가슴 깊숙이 스며드는 5월
감사와 찬양의 노래로
찬란한 5월이 안겨옵니다.

그리움의 빛

맑은 새벽
님의 별빛 미소가

새벽 향기 흐르는
서정의 바람 속에

님의 별빛이
새벽이슬 위에 내리고

님의 별빛 미소
내 마음의 그리움으로 내립니다

가슴에 작은 울림으로
마음에 작은 속삭임으로

잔잔히 흐르는 별빛 안에
흐르는 바람 노래와 함께
그리움의 멜로디로

그리움의 빛이
사랑의 노래로

소리 없는 사랑이
가슴으로
맑은 샘물되어 흐릅니다.

새벽을 여는 그리움

바다 그 파란 바다에서
하늘한 달빛 바닷바람
새벽 고요 물결 타고

샛별 속삭임의 새벽길
애잔한 그리움에
찾아온 그대는

영원한 별로
가슴에 남을 詩 되어

떠날 줄 모르는
우리의 懷抱
정겨운 속삭임은

하얗게 날밤 새워
하모니를 이루는
새벽의 그대는
가슴에 두고 간
영원한 그리움.

토론토의 해 뜨는 아침에

맨 처음 하늘과 땅 그리고
밝음을 주셨던 그 빛이
이 아침에도 밝아옵니다

맑고 빛나는 여명의 아침이
토론토 온타리오 호수에 열림은
어이 이리 황홀하고 감사한지요

저 빛과 함께
희망을 주시는
오늘 아침을 감사히 열어

내일을 가고
당신 곁에 갈 때까지
저 빛 안에서

당신께 영광 돌리며
사랑할 수 있게
그 안에 머물게 하소서

오늘 주신 이 광명의 날
주님!
당신께 봉헌합니다.

코스모스 피던 언덕

🎵 시낭송 QR 코드
제　목 : 코스모스 피던 언덕
시낭송 : 박영애

파란 하늘은 높아만 가고
하얀 메밀꽃에
꽃잠자리 사뿐히
바람결에 날갯춤 추면

가슴으로 찾아드는
코스모스 피던 고향 언덕길
하늘하늘 순하게
피어나던 길

그리움이 한데 모인
하얀 핑크 어울려 피던 그곳
내 꿈과 사랑 함께한
잔뼈가 자란 언덕

이때가 되면
어김없이 찾아드는
가슴을 저미는 지독한 몸살로
피어나는 추억들

논두렁길 메뚜기 잠자리
쫓던 그곳엔
이제 다 새 문명의 빌딩으로 둘러싸여
꿈을 키운 고향길 다 묻혀버렸고

어깨동무 그리운 친구들
먼 나라 먼 도시로 떠나갔건만
난 아직도
이때가 되면

꿈을 키운 내 고향
그리움의 추억
코스모스 언덕길이
내 마음의 영원한 고향인 것을.

아름다운 봄날에

파란 하늘
하얀 구름을 보며
당신을 생각합니다

싱그런 꽃향기 고운 결의
봄바람이 얼굴 스칠 때
당신을 생각합니다

이른 아침 아름다운 새들의
노래에 함께 흥얼거리며
당신을 생각합니다

초록의 내음이 햇살 속에 머물 때
하늘 향한 초목들의 미소에
당신을 생각합니다

황홀한 석양의 금빛
온타리오 호수에 물들 때
당신을 생각합니다

이 모든 자연을
당신이 주셨고
사랑하시기에

그들을 통해
내가 당신을 사랑함을

한껏 펼쳐주는
아름다운 봄날입니다.

그대와 나는

그대
우리 말했던가요
못 봐도 외롭지 않다고요

그대
우리 느낀다고 했던가요
멀리 있어도
가까이 그리워하는 이유

그대와 나는
지극히
자연스러운
큰 사랑이기 때문이라고!

당신은

당신은
숲 속 작은 계곡에서
맑게 흐르는 물가에
젖은 풀향기 같습니다

때론
우리의
고달픈 세상살이에도
늘 나를 바라보는
당신의 눈동자는
위로의 향기입니다

당신은
언제나
나의 초록빛 그리움으로

맑은 계곡
흐르는 물 사이
고운 햇살같이

당신은

언제나
숲 속의 맑은
나의
초록 사랑입니다

가을이 오는 길

고운 햇살 안고
잔디에 누워
하늘 여행 떠난다

베일 쓴
고운 선녀
두둥실 떠다니고

푸른 물로
만삭된 하늘이
가슴에 안겨온다

바람이 실어오는
벼 이삭 알알이
익어가는 소리

가슴에
가슴에
가을이 안긴다.

무궁화

무궁화 무궁화 우리나라 꽃
하도 네 이름을 불렀더니
친척이 캐나다 이민오면서
고이 모셔온 순종이다

괜히 네 앞에서
애국자가 된 양
숭고하게 바라보고
가끔은 훌쩍이고

제나라 떠나면
다 애국자 된다더니
나도 그렇게 되나 보다

애타게도 가슴 깊숙이
고국이 그리울 때
우리 뜰에서 만나는
대한민국 國花

시인 김옥자

시낭송 QR 코드
제 목 : 신발
시낭송 : 설연화

목차

1. 신발
2. 가을
3. 아침 영상
4. 그리움이 가득한 날은
5. 가을 숲
6. 홀로 남은 것들을 위해
7. 가을 배웅
8. 잔소리
9. 친정 엄마
10. 눈길로 가던 날

시작노트

화려한 나날들이 첫 눈을 맞아 이별하고 만나는 관계가 잎새 가득했던 가을 나무에서 바라 볼 수 있었던 모습이었나 봅니다. 아직 준비된 마음이 설렘에 무엇부터 해야 할지 몰라 두 손만 비비고 마음을 내어 보고 가슴을 찾아보려 했던 시간들이 한 움큼씩 추억에 앉아 양지를 찾습니다. 누가 하라고 했던 것도 아니고 살다보니 메모는 습관이 되고 비가 오거나 새벽이면 일어나 앉아 글 한 줄이 마음이 되어 하얀 종이위에 나와 나를 위로하고 그렇게 삶의 향기는 알게 모르게 저와 글과 대화를 하고 소통을 하고 있었습니다. 첫 눈 소식처럼 반가운 소식을 듣고 이제 시작하듯 천천히 걸어 가는거라고 특선시인선에 선정해 주심을 감사한 마음 전합니다.

신발

🎵 **시낭송 QR 코드**
제　목 : 신발
시낭송 : 설연화

함께 하자
너와 내가 함께 걸어 가는 길
내 무게를 감당해야 할 나의 몫과
곧은 길로만 가고 싶은 마음을 안고
서로 위로하며 가자

시간이 가고
너의 굽이 닳아지고
내가 미안해서 너와 이별하는
시간이 올 때까지 나를 이끌어주고
편하게 했던 날들

비가 새어 들어오면
그때서야 우리 이별할 준비를 하고
양말이 다 젖고 하얀 발 드러낼 때
마지못해 너를 놓아준다
물고기처럼 자유로워지라고

가을

너무 화사해서
초라함이 감춰지는 걸까

잎과 잎 사이로
아침 햇살이 들어
반짝이면

고사리손 같은
아이들이 나비처럼
춤을 추는 것 같다

바람이 한 번이라도
불어 주기라도 하면
박수 치는 소리가 나면서
어디론가 자유가 된다

문 밖은 넓은 광야로
펼쳐진 세상

내 옆에만
있으면 안 될까

꼭 껴안고
같이 화사해지자

보이는 거리 만큼에서
이별은
다시 만나기 위한
약속을 하는 거라고

아침 영상

물 속에
안개가 있다

하늘이 안개를
걷어 올리고

두 발을 담근 채
모른척한다 하루 동안

안개는 없고
하늘이 훤하다

그리움이 가득한 날은

그리움이 가득한 날은
저기 떨어지는 잎 들도 그럴지 몰라
너무 그리워서
날개 없는 몸을 날리며
나비처럼 비행을 하고
못 이긴 척 바람에 힘을 빌려서라도
그렇게 가서
그리운 창가에
담 위에
양지 바른 창가에 기대어
사랑을 만나고 싶어 할지 몰라

하늘이 열린 계절에
다시 새로운 계절이 올텐데
이 가슴에 들어 온
내 그리움아
어쩌면 좋니
너 없으면 안 되는데

노오란 은행잎이
한 나절 햇빛에 마음을 줄때
나도 그렇게
너의 마음을 비추이고
속삭이고 싶다
보고 싶다고
그리고 사랑한다고

내 마음이 그리운 날에
더 없이 안고 싶은 사랑아

가을 숲

바람이 불면
하늘이 훤할텐데
자꾸 떨어진다

아침에도
낮에도 저녁에도
밤에도

바스락 거리는 소리에
놀라는 생명들

잎이 무성한 시간
화려한 시간은
길을 잃어 버리고

바람에
가을 숲은
사라진다

가슴 가득
화려함만 남기고
한 숟가락 떠올린 가을은

하늘만
가득 담고 있다.

홀로 남은 것들을 위해

가을 바람이 붑니다
따라가고 싶어지는 건
조금만 더 있고 싶은 마음이
이별하기 싫어서 손 꼭 잡고 싶은 건데
어제보다 오늘이 더 초라한 모습으로
나의 눈에 그렇게 쓸쓸해진 잎들

바람은
조용히 마음만 두고 싶지
않은 건가 봐요
홀로 남은 것들을 위해
하얀 겨울을 보내준 건지
알 수가 없는 지금은

그냥
바람을 따라가면
이별의 모습은 볼 수 없을 것 같아
진한 커피를 따라 대접하고
내 마음까지 찾아오는 커피 한 잔을
두 손으로 받쳐 마십니다
만남과 이별이 내 마음 속에서 사무칩니다.

가을 배웅

아! 잎이 떨어져
눈물나

이별이 보이는 가을은
해마다 마음의 편지를 쓰게 하네

답장은 없어
세월이 답인 것처럼
성숙이란 말이 느껴지고
스스로 커가는 자신을 발견하고

지난 시간이 있어
지금의 내가 된 사실
잎이 물들었던 건
힘든 마음을 그렇게 물들여 준 건 아닌지

잎이 떨어지는 것은
다시 시작해 보라는 의미이고
하얀 겨울을 보내 주는 것은
모든 고통을 다 덮어 주고
안으라는, 그래서 추운 겨울이 마지막
계절에 있다는걸

잔소리

귀에 못이 박히도록
들었다
조금전에 한 말씀
또 하고
또 하고

원하는 것이 풀리지 않아
막힌 가슴
화가 가득 샘처럼 고였다

그만 들어야지 하는 마음은 없다
엄마의 잔소리를 딸이 듣고
딸이 시집가서 그 잔소리를 듣고 있다
픽! 웃음이 난다
귀에 박힌 못을 빼지 못했다.

친정 엄마

집 한 채 덩그러니
친정 집 마당으로
노란 은행잎이 날아와 앉는다

나의 계절이 깊어갈 수록
엄마의 세월이
내 가슴에 낙엽처럼 앉는다

엄마 생각만 해도
부르기만 해도 당신 일생이
보고 자란 나 같아서 목이 메어온다.

눈길로 가던 날

그대
눈길로 떠나던 날
아무 말도 못하고
잘 가라는 손짓도 못 하고
떠나고 남은 이 마음

그대
점점 모습 보이지 않고
아무것도 할 수 없는 가슴에는
찬 바람만 횡하니
하얀 눈길은 그대로 멈추었네

그대
언젠가 돌아올 약속도
메모 한 장도 없던 시간
종이컵 속에 남은 커피가
그대 향기 같아
창가에 놓아두었더니

나의 그리움처럼
말라 갑니다
사랑한다면서 떠난 길 위에는
오늘도 하얀 눈이 내립니다
다시 올 그 날을 기다리며…

시인 김유한 편

시낭송 QR 코드
제 목 : 이 밤의 끝에 서서
시낭송 : 정연

목차

1. 구름 나그네
2. 당신도 나를 닮아주세요
3. 이 밤의 끝에 서서
4. 붉은 연등
5. 불혹의 꽃
6. 황진이
7. 마음 비
8. 동전처럼 구르는 삶
9. 천륜보다 가까운 사랑
10. 천 년 전의 사람은 아니지만

시작노트

어둠이 짙게 내리는 새벽이 별빛 속을 서성이고 있습니다. 오늘도 기쁜 마음으로 하루를 보내고 서재에 앉았습니다. 대한문인협회 임원진 및 문우님들 덕분에 많은 것을 배우며 시상을 떠올립니다. 찬바람이 부는 지금 특선시인선에 선정되어 솔직히 기분이 좋습니다. 하늘을 떠가는 마음은 푸르고 맑고 신선하기도 하답니다. 모두가 님들이 있었기에 가능한 일이라고 생각하며 좀 더 심도 있고 의미가 깊은 시심으로 삶을 함께 공유하는 글을 올리도록 최선을 다 하겠습니다. 자정을 넘긴 지금 문우님들의 건승 건필을 기원하며 행복한 꿈으로 피로를 잊으리라 믿겠습니다.

구름 나그네

해풍에 흰 돛단배 몸을 실은 구름 나그네.

망망대해 섬을 돌아 부초처럼 떠도누나.

멀리 수평선 끝, 하늘 끝인 줄 알았는데
가고 또 가봐도 천 년 세월 모자라더라.

바싹 마른 노송이야 동백 눈물 보았겠지만
인생도 모르는 난 세상 구경 어찌 다 하리.

혹여
저녁 해가 어둠을 부른다면
초췌한 이 가슴에 별을 쓸어담으리라.

당신도 나를 닮아주세요

꽃잎 떨어져도 당신의 눈물이 아니면 좋겠습니다.

차라리 시월 향기가 되어 바람에 날리면 안 될는지요.

인간사, 돌아보면 아쉬운 날 많지만
난 불행해도 웃었고 그다음은 행복했지요.

당신도 나를 닮아주세요.

코스모스 핀 자리 그리 오래 못 가도 밤이면
가을 달빛 아름답듯이 당신은 소중한 나의 사람입니다.

그러나 못내 낙엽이 될 거라면 그전에
내 마음속 단풍이 되어주세요.

그리고 사랑한다 약속하세요.

이 깊은 새벽에 당신 모습 그리면 그 모습에
난 그만 잠이 들고 마네요.

이 밤의 끝에 서서

 시낭송 QR 코드

제 목 : 이 밤의 끝에 서서
시낭송 : 정연

기별도 없이 새벽은 다가오고 검디검은 밤은
슬픈 그림자를 남기며 내 곁을 떠나려 한다.

외롭고 쓸쓸한 내 사랑 잠든 머리맡으로
별빛은 촛불처럼 타고 있는데 측은하게
바람 뒤를 따르는 밤은 아쉽게도
헤어짐을 받아들인다.

무언의 대화로 정 들었지만
이슬처럼 사라지는 밤을 붙잡지도 못하는
나는 또 하나의 운명에 가슴 졸여야 하는가?

무형의 흐름 속에 맞잡은 손을 놓아야 하지만
이 시간 끝에서 안녕의 인사를 차마 할 수가 없다.

아직도 내 사랑 행복하게 꿈을 꾸는데
조금만 더 있다가 가면 안 되려는지
 다시 한 번 부탁하여야겠다.

붉은 연등

긴 태양 짧은 밤 늘어진 하루,
지친 몸 거적 되어 송장이 따로 없지만

어디선가
찾아온 낯선 별 하나,
임의 동공처럼 반짝이나니

혹여
달빛 아래
외로움이 있거들랑
이슬 잦은 바람 큰 대자로 누워도 진정
임 곁으로 다가설 수 있게 붉은 연등 밝혀주소서.

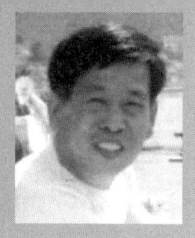
불혹의 꽃

별이 반짝여도 빛을 볼 수 없음은
고독하기 때문이지요.

이 고독은 내 것이지만
그 주범은 당신임을 잊지 마세요.

이미 진행된 사랑이 슬픈 사슴 이야기라도
원점으로 돌아와 보노라면

아직도
창가 테이블엔
술병처럼 쓰러진 내가 있고
눈물에 취해버린 당신이 있습니다.

그러나
보이지 않고~ 잡히지 않고~
안타까운 시간만 흐릅니다.

못내 잊을 건 잊어야 할 것인데
긴 여운으로 남는 아쉬움은
내 곁에 머무를 수 없는

불혹의 꽃~
불혹의 꽃~

당신이 주범입니다.

황진이

월광에 피는 욕정 춘풍에 사라지고
기생 치마 폭에 화조를 그리누나.

산과 들, 꽃과 새 그대 몸을 감았으니
병풍 같은 기암절벽 눈높이를 낮추거라.

천하제일 금강산도 촛대바위 해금강도
흔들리는 시심으로 벌 나비가 되는구나.

노송은 알고 있는가?

저것들의 사랑싸움을~

그 옛날 서경덕도 저리 했는지,
세월은 말을 해다오.

한 송이 꽃을 두고 신경전을 벌여 본들
황진이 타는 가슴 그 누가 알리.

마음 비

창밖에 비
가슴 속에도 오고
세상이 젖으니 마음마저 젖네.

그 비
혈관 따라 흐르면
혹여 심장엔 협곡이 생기겠지.

이슬 같은 눈물도
모자라서 댐을 만들었는데

도대체
너는 누구이길래
나에게 바다를 강요하는가?

끝내
뚫린 구멍,
막을 수가 없다면
내 열 손가락 우뚝 솟은 산이 되리라.

동전처럼 구르는 삶

아무리 높은 산도 하늘 아래 있고
바닷속 깊은 물도 땅 위에 있나니
인간사 화려해도 바람 앞의 등불이리.

무엇이 두려워서 그대 모습 감추는가?

항시 해와 달은 허공에 머무는데
잠깐 비에 젖어 가슴이 차가워도
안갯속에 가려진 맘 내게는
숨기지 마소.

삶이란 지폐만큼 가볍거늘
한순간 자고 나면 동전처럼
구르더이다.

천륜보다 가까운 사랑

촌수 없이 만났지만, 천륜보다 가까운 사랑이었다.

너를 자기라고 부르는 게 너무도 행복해서
그 이름 함부로 대할 수가 없구나.

이런 내 맘을 그대는 알까?

비바람 눈보라에 찢어진 삶을 살아도
영원한 반려자로 함께할 너는
내 인생의 버팀목이리.

눈물 대신 웃는 너의 모습 아름답기만 하다.

피 한 방울 안 섞였는데 우리는 왜 하나가 됐나.

좋아서 사랑해서 느낌 그대로 운명을 약속했으리.

험한 길 걸어도 숙명이 된 지금
죽어도 놓을 수 없는 천륜보다 가까운 사람.

그 사람이 바로 내 사랑이다.

그런 그가 나의 빛이며 심장인 것을
어둠이 밤을 부르고 영혼이 이슬에 젖어도
언제 어디서나 나는 그의 그림자로 남고만 싶다.

천 년 전의 사람은 아니지만

천 년 전의 사람은 아니지만 천 년 전의 사랑으로
나는 그대와 차를 마십니다.

그윽한 향기, 날아갈까 두려워서
바람이 부는지 눈치도 살핍니다.

별이 뜨는지, 달이 뜨는지,
풀벌레는 부질없이 울어대고
퇴촌의 깊은 밤은 낙수처럼 떨어집니다.

세월에 유린당해 삶의 노예가 되었을지언정
나는 글을 쓰며 무명 시인이 됩니다.

시작이 어디이고 끝이 어디인지 아십니까?

사랑의 종말을 모르는 지금 천 년 전의 사람은 아니지만
이 밤도 그대와 나는 천 년 후의 만남으로
사랑의 아궁이에 불을 지핍니다.

🎵 **시낭송 QR 코드**
제　목 : 바람 부는 날
시낭송 : 설연화

시인 김은식 편

목차

1. 살며 행복할 때
2. 裸
3. 가을사냥
4. 가을 달
5. 소나기
6. 바람 부는 날
7. 외면(外面)
8. 만남
9. 별의 배웅
10. 낙조

시작노트

시는 마음의 노래. 마음의 샘을 자극하면 아름다운 샘물이 넘친다. 누구에게나, 마음의 샘은 지극히 인간적인 발로에서 아름다운 경치를 지닌다. 아름다운 생각에서 아름다운 시가 탄생한다. 아름다움이란 무한한 잠재적 언어 여러 형태로 우리 곁에 다가오는 그 아름다움을 통해 참된 것을 구가하는 데서 생겨나는 공감. 시는 때 묻지 않은 순수한 힘에서 그 삶이 지탱되고 방금 태어난 영혼의 때 묻지 않은 모습을 보는 것처럼 우리로 하여금, 순수한 무저항적 힘을 갖게 한다. 우리는 고귀한 영혼과 같은 시의 탄생을 목마르게 사색해야 한다. 거짓 없는 눈빛으로 바라보는 세상의 一草一木이 아름답다. 서로가 공감하는 시선으로 바라보는 마음의 시. 그 시를 보는 우리는 행복하다.

살며 행복할 때

살아가는 동안
길가에 서있을 때 행복하다.

길옆에 서서
나무인 양
너를 손짓할 때

무성한 잎은
밤길을 걸어 아침을 기다리는 마음.

길가에 서서
먼 데 너를 볼 수 있는
나무가 되면
바람으로 오는 너의 향기

살아가면서
오직 그 하나의 이유로
흔들릴 때 기다림은 행복하다.

裸

나무는 가을빛을
바람은 깃털을
나는 옷을 벗는다.

모든 것이
순리 앞에서
알몸을 드러내는 가을.

세상사,
희비애락은
한 벌 옷, 한 줌 낙엽일까

노란 갈잎 따라
내려놓는 상념

마른 잎
우수수
옷 벗는 소리

세상 모든 것
단벌옷으로 살다
그것마저
벗으며 나목이 된다.

가을사냥

햇살 영롱한 가을
이슬방울 매달린 거미줄에
파란 하늘이 걸려있다

거미의 먹이사슬
지주망 과녁 안에 가을은 살찌다.

거미는
시간이 흐르는 길목에
성성한 그물을 던져놓는 일로

알이 꽉 찬 가을을 낚아
명주실로 염을 한다

무엇이든 허공에 매달면
살이 오르는 계절
붉은 사과 빛 가을이 절로 익어간다

성장의 고통이 다할 무렵
거미는 가을을 음미한다.

시간이 흐르는 가지 위에
덫을 놓고
때를 기다리는 인내
한 줌, 하루 볕을 먹는 일이다.

가을 달

달은 누구의 애인일까?
내려다보는 이마다
눈치 없이 방글거린다.

내게로 와, 웃음치레
처마 끝, 용마루에 걸터앉아
밤늦도록
갈 거란 말만 하던 그 웃음.

창을 닫고 누우려니
허연 달무리 속살이 창에 비쳐
밤새도록 사모하던 달.

오늘밤은
뒷산 구름에 가려 돌아보지도 않는다.

물 건너,
만치네 집 앞마당에서
방글거리며 무어라 속삭인다.

밤잠을
뒤척이게 하는 가을 달

그렇게 헤픈 웃음이
산촌 마을 야심한 밤으로
분내 피우며
양장하고 오던 날

호롱에다 불을 댕겨
답답한 가슴, 달집인 양 태운다.

소나기

젊은 날,
한때, 갈망을 적실
너의 부름으로 달려갔었다.

산을 타고, 들판을 가로질러
땅을 적시는
내 푸르른 대답으로…

이름을 불러 주었으리
젖은 열정 그대로
너를 적시기 위한 젊은 날의 초상.

들풀처럼
젖고만 서있는 네 기쁨과
내닫는 나의 설렘으로
그대, 넘쳤으리.

그날의 열정
그날의 젊은 영혼으로
넘쳐 흘러간 시간의 급류
다급했던 젊음이여.

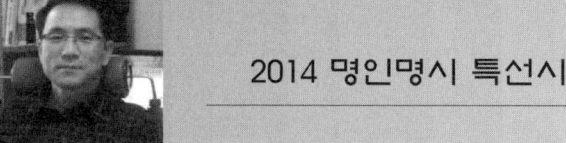

바람 부는 날

🎵 시낭송 QR 코드
제 목 : 바람 부는 날
시낭송 : 설연화

바람 부는 날에는 바람이 된다
들녘을 가로질러
산허리, 하늘밑 가슴 닿은 곳으로
바람은 가는 곳마다, 그 이름으로 산다

산이 높으면 산바람
강이 흐르면 강바람
눈가에 머물면 눈물바람이 된다

가슴 한편에
바람 같은 이름을 간직하고 산 우리

어느 시절인가
사랑하다 잊힌 바람의 모습
그리운 얼굴 떠올린다.

바람으로 와 바람으로 가는
한때, 그 이름을 그리워했었다

누군가 그리운 날
바람이 분다
그대오는가, 한줄기 눈물바람이 분다

외면(外面)

먼 광야에서
당신을 만났을 때
님은 바람이었습니다.

누구에게도
넋을 놓지 않던 거친 바람.
나는 그대 앞에
설수가 없는 한 떨기
여린 풀꽃.

누가 감히 당신의 눈을
보았겠습니까.

당신께서 어둠을 쓸어내려
광야의 아침을 밝혔듯이.

오늘만은 이 홍빛 계절이 다 가기 전에
그대 밤을 기다립니다.

이 밤도 역시
당신의 조화인 것을...

애써 나의 눈빛
외면하시려면

내일이 오지 않을 얼굴 없는 해와
밤이 오지 않을 눈먼 달빛.

님이 오지 않을 길 위에
가슴 없는 낙엽으로 날리소서…

만남

어느 외진 골짜기에서
無形의 존재로 방황하다.

내 모습을 찾을 길 없어
허기진 몸으로
무심코 기댄 자리
가녀린 가지에 잎새로 떨리다.

달려가
가쁜 숨소리로 말하는 나
만남 이전에 바람이었다.

너를 찾아 헤매던
외줄기 그리움이었다.

잎새, 너를 만나
푸른 몸짓이 되는
만남이란, 그렇게
네가 있어 빛이 되는 나를 느끼는 것.

무형의 내 모습이
푸른 몸짓으로 태어나는
잎새, 그 설렘에 있다.

별의 배웅

이슬 맺힌 꽃잎처럼
환한,
그대의 아침인사를 위해

맞이하고, 보내온 하루를
진정, 사랑하듯이
지금은 그대를 배웅하려 합니다.

별이 되어
서러운 시간

내일, 환한 웃음으로
아침인사를 해야 하는
꽃의 신부는
새날의 빛.

그대의 아침 화장은
해맑은 세상을 위한 채비
아름다운 세상을 위한 향기

그대를 보내지 않으면
새벽이 동트지 않을 까닭이요
뜬눈으로 밤을 지새우는 건
그대 창을 지키는 샛별인 까닭입니다.

 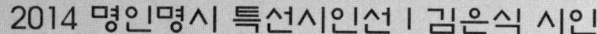

낙조

언젠가 만날 수 있나
눈 감고, 뜨는 일처럼
쉬이, 수없이 흘러버린 기다림을

오늘이 가기 전에는
오늘의 기다림으로
내일은
내일의 시간으로 붉으리.

해처럼, 달처럼
오늘이란, 간절한 시간으로 멎어
나는 너를 기다린다.

내 그리움의 만곡(彎曲)
오늘이 가면
오늘 너의 생각을 붉게 놓으리.

끝없는 상념의 바다
너의 심연으로 지는 낙조
오늘이 가기 전에는
오늘의 그리움으로 붉으리.

시인 김은정 편

목차

1. RH LOVE 혈액형
2. 틈새 뿌다구니
3. 꽃무릇
4. 노고단에서
5. 탐정이 되어
6. 봉인된 시간
7. 살구색 은행알
8. 자두
9. 플룻연주 코스모스
10. 너무와 아주

🎵 **시낭송 QR 코드**
제 목 : RH LOVE 혈액형
시낭송 : 김락호

시작노트

사람과의 만남에서 인연이 들려주는 들리지 않는 말을 들으려 하였다. 계절의 시간 속을 거닐며 체온으로 느껴지는 말을 들으려 하였다. 향기로 유혹하는 꽃들을 찾아 날아가는 벌처럼 마음 깊은 곳의 마음을 유혹하는 자연의 소리 나를 이끌고 자연의 언어를 들려주었다. 살아있음의 고귀함을 깨닫게 하였다. 어떤 상황에서도 고개 다시 들고 모두어 피어나는 야생화처럼 끈질기게 행복하게 더불어 살아가라 하였다.

RH LOVE 혈액형

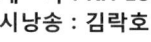 **시낭송 QR 코드**
제 목 : RH LOVE 혈액형
시낭송 : 김락호

두 사람 사이에 사랑이 싹텄다

두 사람 사이에 그들만의 언어가 움텄다

두 사람만 수혈이 가능한   RH LOVE 혈액형이 생성되었다

두 사람 사이에만 오가는 초고속 무선 연결망이 개통되었다

두 사람은 약정한 요금만큼 서로 소유한다

두 사람은 약정된 시간만큼 상대를 카피한다

눈에 코에 입에 팔에 발에 머리에 가슴에 내장에까지

보이지 않는 문신을 새겨 품고 다닌다

두 사람은 약정한 기간이 차면 낡은 언어가 된

혈액을 투석하러 간다

통신사를 바꾸고 새로운 색깔의 RH LOVE 혈액을 수혈한다

틈새 뿌다구니

축대벽과 콘크리트벽 꺾어진 곳에 끼어서 살아가는 삶
태어나기만 하면 살아야 하는지 묻지 않는다
숨만 쉬어도 살아야 하는지 묻지 않는다
신발이 밟고 지나간 뒤 머리 흙 털고 다시 물 긷기 시작하는 풀
서울역 화장실 구석에 앉아 오가는 여자들을 바라보는 깡마른 여자
힘세고 잘생긴 아이들 틈바구니에서 책상 하나 겨우 차지한 학생
앉아서 걷는 남자 다리는 팔처럼 흐느적이며
땅을 누르는 커다란 손
작은 앉은키 그 위 공중 돌기 나부끼는 바람

뿌다구니 끝에도 심장이 뛴다.

꽃무릇

꽃대에 잎이 없다
솜털도 없다
빨갛고 긴 손톱인가
빨간 물들인 머리칼인가
찢어진 빨간 드레스인가?
무릇 꽃이라
꽃무릇이어라

맨살 몸 초록 꽃대
가늘고 매끈한
잎 없는 줄기는
깃털 잃은 새처럼
가여운 마음이네

여린 꽃무릇 심장 박동
불갑사 축제의 북소리
붉게 타는

노고단에서

무지개 못으로 새벽 황금 노을 고정했네
구름 따라 바람 따라 사라질세라
구름 따라 바람 따라 뒤돌아설세라
여기 노고단에 머물라 하며
무지개 못으로 새벽 황금 노을 고정했네

운해 철석철석 발 담그고 노닐다
원추리 지리터리풀 동자꽃 앞세워
어수리 둥근이질풀 모시대
줄줄이 손잡고 우리 집에 왜 왔니
놀이를 하네

운해 찰박찰박 손 씻으며 노닐다
흰 구름 회쳐서
노고단에 앉아 한 접시 비우고 가는 걸음
삶의 시름 한 접시 비우고 가는 걸음

탐정이 되어

은행나무잎 사과나무잎
주근깨 박힌 감나무잎까지
춤추며 지나간 발자국을 추격한다

나의 시야를 앗아간 그
나의 감각을 앗아간 그
다람쥐 올라간 나무의 거친 피부를 따라
하늘 닿은 마지막 가지 끝에서

수갑을 채운다. 가을
너의 죄목은
존재하며 사라진다는 것

눈에 밟히는 너를
귀에 들리는 너를
코털을 간지럽히는 너를

입동의 날에
너의 열매를 안고
특별사면을 한다. 가을

치아에 씹히고
혀에 휘둘리는
덜퍽진 열매들

그 맛있는 스킨쉽의
기억 하나로
나를 앗아간 너
존재하며 사라진 너의
수갑을 풀어준다

봉인된 시간

흐르는
시간과 가루기

어깨너머 등 뒤로 지나가는 시간
쓱 넘기면 다시
눈앞으로 내려오는 머리칼처럼
돌아와 성가시게 하지 않으니
가슴 뛰고
피가 서고
솜털이 선다

봉인된 시간을 여는 방법
봉인된 시간을 사는 방법
궁리 끝에 내놓은 답은

등 뒤로 지나가면
봉인되어버리는 시간
봉인을 뗄 수도
다시 열어 펼칠 수도 없으니
가위춤 허방하다

내 손발이 미치는
그때
그곳
그 사람

고마워하고 참아주고 기다려주고
사랑받고 사랑하는 일
행복하게 아우르기

살구색 은행알

길 가 은행나무 노란빛 보여
올려다보니
살구색 은행알들 물고기 알처럼 들어차 있네

창가 은행나무 초록이 무성하여
내밀어 보니
살구색 은행알들 창고 지붕 위
수북하게 알 쏟아붓듯 부셔놓았네

사라진 물고기 방금
발 앞에 슛
떨어지는 살구색 유성

자두

전시회의 자두 그림
바구니 가득 담겨있다
눈동자를 타고 자두 즙 입안으로 흘러들고
자두 살에 남은 잇자국 손대어 슬쩍 지워본다

빨갛게 그을린 자국도 맛있는
자두 향기 맑고 투명하여
벽에 걸린 그림에서 데굴러나와
내 속으로
숨 따라 들어오네

플룻연주 코스모스

다정하게 살포시 짓는
연인의 미소
하얀 꽃잎 코스모스

정확한 음
짚어가는 연주자의 마음
빨간 꽃잎 코스모스

사랑해 라고 말해주는
분홍 꽃잎 코스모스

시원한 바람 열정의 땅
조용하게 식혀주듯

어떤 소망도 품음없는 무심의 연주
심연의 바다 깊숙이 파고들어
들썽한 마음 가라앉힌다

고요한 황홀
들판 휘휘 저으며
꽃잎 가득
플룻 소리 스미어 피는
코스모스 가을

너무와 아주

내 눈이 너무 크다
작은 아주 작은 꽃들의 눈빛을 읽기에는

내 귀가 너무 크다
작은 아주 작은 꽃들의 노래를 듣기에는

내 혀가 너무 짧다
없는 아주 없는 색의 맛을 보기에는

내 호흡이 너무 짧다
깊은 아주 깊은 땅 속 벌레들의 합창 함께 부르기엔

내 손길 너무 까시랍다
투명한 아주 투명한 하늘 쓰다듬기엔

내 마음 너무 뭉툭하다
어린 아주 어린 마음 첩첩쌓인 실터 다 알기엔

내 할 수 있는 것 너무 없다
이우는 아주 이우는 꽃 나무 이지게 하기엔

그래도
내 안의 자투리 힘 모아 들거지로 서면
함초롬하게
희나리는 햇볕에 말리고
들거지로 서면

목차

1. 그 등대 섬에서
2. 바다여 모래여 태양이여!
3. 미황사의 해무(海霧)
4. 달마산 미황사(達摩山美黃寺)
5. 땅끝에 서서
6. 달마산 모정(慕情)
7. 송호해변, 입동의 오후
8. 가을바다

시인 김일선 편

🎵 **시낭송 QR 코드**
    제 목 : 달마산 모정
    시낭송 : 설연화

김일선 시집
땅끝에 서서

시작노트

여기에 선정된 시 10편은 모두 땅끝에
서서 노래한 것들입니다. 땅끝 갈두
곶과 송호해변, 바다건너 어룡도 등대
섬, 엄남포 해변에서 바라보는 노을진
어불섬과 꽃섬의 야경, 어란진포구의
역사적인 향기 속의 충무공에의 경외
함, 만호바다에서 조망하는 달마산의
수려한 자태에 사모치는 모정, 그리고
달마산을 모두 흡수해버린 해무와 눈
물을 머금케하는 무신호, 작열하는 햇
빛과 바다가 교감하는 파도 위의 은하
수, 밤하늘과 검은 바다가 속삭이는
밀어들…. 이 아름다운 땅끝의 풍광
속에서 어느 누가 감흥을 느끼지 않을
수 있겠습니까? 아쉬운 것은 '땅끝에
도 이만한 큰 가람이 있었던가?!' 하
고 감탄해 마지않은 미황사의 완전 복
원된 모습을 이 자리에 소개하지. 못한
것이라고 하겠습니다.

그 등대 섬에서
─魚龍島에서

철옹성 같아
태풍도 지붕 꼭지만 스쳐가듯
높이 쌓인 돌담에 엉키어
살아가는 담장이의 넋이
그 섬나라의 모진 삶을
말하는 것이어서

오늘도 낡은 어구 곁에서
햇볕 쬐는 할아범의 굽은 허리가
난바다에서 생환한 모험담도
단절된 전설되어
인고의 세월 속에 덧없이
흘러만 갔어라

사랑스런 가족과 헤어져
홀아비 등대지기 귀양살이도
밤이면 섬광을 쏘고
바다안개가 무신호를 울려도
항해사의 가슴에나 감응할 뿐
애틋한 정을 아무도 느끼지 못해

뭍에서는 잊은 지 오래노라
왕래도 없어라
오직 등대섬일 뿐이라고.

바다여 모래여 태양이여!

-송호리해수욕장에서

바다가 잔잔히 손짓하면
순전히 기다리는 모래
8월의 태양은 영광으로 작열하고
쓰다듬고 핥이고 포옹하고 속삭이는
푸르른 젊음의 연가는
투영되는 별들의 향연

태풍의 난바다는 노호하고
구덩이 패인 모래는 기절하고
암운에 쌓여 빛을 잃은 태양 아래
할퀴고 파헤치고 사기치고 유린하는
생이별의 애가는
폭풍의 광상곡

바다는 해난의 비통을 잊고
생채기를 모두 묻은 모래
다시 떠오른 태양은 눈부신데
썰물에 쓸려 간체 영영 돌아오지 못하는
비탄의 만가는
5년만의 해후 다음 날

태양 아래 모든 것은 때가 있는 법
바다와 모래는 영겁으로 회귀하는것

미황사의 해무(海霧)

간밤에 퍼부은 따락비에 성낸 바다괴물이
죽자구나하고 뿜어낸 미세한 물방울 바다안개
삽시간에 육지로 쳐들어와 덮쳐 버리니

저 짙은 녹색 수림의 능선들을 기어 올라와
절 마당 뜰 앞에서 스멀스멀 멈춘다
대웅보전을 범접치 못하는 것을 안다는 것처럼
이때 눈앞에 보이는 것은 가없는 안개바다
하늘과 바다가 일체화하다

한 동안 바다안개에 시달리며 가려진
중천의 해가 은백색으로 변용을 하고
슬며시 내밀면 엷은 안개 속에
어느새 걷히기 시작하는 파노라마
'땅 끝 칡머리곶, 꽃섬, 어란진과 만호바다,
벽파진과 우수영 사이 자태를 숨긴 명량해협'

'안개는 덧없고 허무한
속세의 찰나를 가르침이요
영겁회귀를 깨닫게 함이라'
해가 서쪽으로 기우니
천년고찰의 위용이 더욱 빛나다.

달마산 미황사(達摩山美黃寺)

땅 끝이 초라할까봐 긴 허리 힘을 주고
수려한 자태 이룩한 달마산(美)
남방의 돌배가 싣고 온 부처를 짊어지고
이 산에 오른 황소가 무릎 꿇었던 자리(黃)
봉화대와 문바위 기암괴석 병풍삼고
다도해를 조망하며 대웅전이 자리하니(寺)
위엄차다 천년고찰.

펑퍼진 앞바다에 해무가 피어
절 아래 암록의 능선들을 스멀스멀
기어 올라와 아스라하게 퍼지니
하늘아래 속세간이 전혀 없는
가없는 큰 바다

산사에 오르는 길 두멧길이던 때
국보심사위원들이 숨이 차서 되돌아가
국보인증을 놓쳐버린 그 한을
이제는 차로를 공들여 닦아
대처사람들과 가까워진 괘불음악제
템플스테이는 새로 지은 요사채가
산뜻하고 큼직하여라.

동백 숲길 따라 모퉁이 호젓한 곳에
창연히 세월을 입고 오롯이 앉은
예쁜 부도들 고승 명승들의 법락의 이력이
석공 장인들의 솜씨를 살렸는가?
환조의 기법으로
두드러지게 새긴 갖은 동물의 형상들

이 뛰어난 부도들을 보고도
어느 절의 말사라 해야 하는가?
천년고찰의 영고성쇠여!

땅끝에 서서

백두대간 정기 받은 한반도의 맨 끝 땅
수려한 달마산을 태산 삼아
바다에 발이 닿자 불끈 힘쓰고 멈춰 선 사자봉

동꽃섬(東花島)감날이(黑日島) 희날이(白日島)
염소섬(羊島) 서꽃섬(西花島)
발 앞에 희롱하고
횡간도 소안도 노화도 보길도 어룡도
암록의 수목원이라.

옛날 다도해에서 봉화가 오르면
육지의 첫 중계지였던 사자봉 봉화대
그 곁에 우주선 형체의 전망대가 영접하리니
눈앞의 쪽빛 바다 조망하면
정녕 자유스럽고 유쾌해지리다.

해맞이는 해변의 기암사이 그림처럼 맞추니
과연 땅 끝이 으뜸이라.
해넘이 날 음악제는 지축을 울리고
10km 마라톤대회는 어란진까지
아름다운 해안도로에서 펼쳐진다.

갈두(葛頭) 칡머리 곶이 항구로 번영하고
"땅끝"이 나라 제일가는 브랜드 되어
항차 제주 해저철도의 가교점도
땅끝이 되리니, 미래 땅끝은
종착지 아닌 출발점

태평양을 향해 포효하는 땅끝이여!
포용(包容)하라! 무한대의 바다를.

달마산 모정(慕情)

 시낭송 QR 코드
제 목 : 달마산 모정
시낭송 : 설연화

어란진에서 배를 타고 도시로 유학하던 시절
만호바다 선상에서 조망하던 그대 모습이
이 나라에서 가장 아름다운 영산(靈山)중 하나였다

고향을 떠날 때는 점점 멀어졌다가
명량해협 입구에서 가려지고
고향을 찾아 올 때에는 점점 가까워졌다가
그대의 치맛자락에 안기면서 어머님을 뵈었다

떠날 때는 그대에게 큰 꿈을 빌었고
돌아 올 때는 어머님의 따뜻한 품으로
나를 항상 안아 주었다

아름다운 문바위 정상의 기암 봉우리
언제나 변함없이 병풍바위 들러 쳐져
내 고향을 감싸고 있는 명산

그대 가슴을 더듬어 너덜겅에 이르면
수많은 소박한 꿈들이 층층으로 쌓여 있으리

송호해변, 입동의 오후

짙은 해무가 등대섬을 가리고
장원섬을 삼켜버려
수평선이 지워지면
회색장막에 적막만이 흐른다

멀리 펼쳐진 모래사장을
살며시 만지면서 파장을 일며
들물인지 날물인지 알 수 없게
조금씩 다가 오는 밀물

이윽고 회색중천에
동전크기의 구멍이 보도시 뚫리고
내민 햇빛이 파도 위에
쏟아 내리는 반짝이는 별빛

아! 순간에 포착되는 이 아름다움은
변화와 소멸에서 오는 것일까?
사라지지 않은 영원이
더 아름다운 것일까?

지금 바로 앞에서 보고 있는 것
오래가지 못하고
사라져 없어지는 덧없는 것이
가장 아름다운 것임을…

 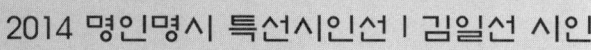

가을바다

가을바다는 임을 떠나보낸 연인
해조음은 풀숲의 벌레소리
태양의 작열이 불러 모은 젊은이들
천둥 번개를 몰아온 먹구름과
요동치던 여름 바다가 그리도 그리울까?

가을바다는 하늘빛을 닮아
그 수심 속도 맑디맑고
빠르고 상쾌한 된바람이 어느새
눅눅한 샛마파람을 밀어내면
훨씬 가까워진 등대섬 어룡도

가을바다의 푸른 해면위에
김 미역 다시마의 양식 줄을
평행선으로 가지런히 긋고
새하얀 부표가 바둑판처럼 뜨면
가을은 이미 깊어가는 것

가을바다는 너무 고요해
고요히 불붙기 시작한 노을은
경계 없는 수평선에 붉게 번지며
그 불덩이는 바다 깊숙이 침잠한다

등대불이 검은 바다 위에 드리우면
칠흑 같은 바다를 내려다 본
한결 영롱해진 밤하늘의 별들이
외로운 가을바다와 밀어를 속삭인다

시인 김철호 편

시작노트

창 너머 파아란 하늘을 보았다. 누군가 인생을 길 따라 영혼이 걸어가는 나이라고 했던가. 낙엽처럼 쌓인 세월. 혼자 서 있는 공허로움, 가슴을 느끼게 하는 길목에 접어든 인생을 다시 되돌아보게 된다. 가끔 머리에 서리가 조금씩 쌓이면서 아스라이 떠오르는 그리움이 한 장의 빛바랜 추억 사진처럼 스쳐 지나간다. 어린시절 어머니께서 참외를 따다가 물에 둥둥 띄워 놓으면 놀다가 오며가며 먹던 생각, 수박 서리하던 일, 매미 잡던 일, 밤에 산에 가서 사슴벌레 잡던 일. 냇가에서 고기 잡던 일 등이 더욱 생각난다. 지나온 시간들. 가슴속 깊이 쌓이게 하는 일들이 어제처럼 아련히 떠오른다. 젊음에 서성거리는 날들이 순간이었다. 오랜 기다림에 싱그러운 산 내음 맡으며 세월(歲月) 저무는 그 날 문 밖에 서서 그대를 사랑하고 싶다.

🎵 **시낭송 QR 코드**
제　목 : 미연의 이별
시낭송 : 이경숙

목차

1. 미연(未然)의 이별
2. 어머니의 하루
3. 그대 떠나가도
4. 대관령 햇빛 퍼지는 오후
5. 다 함께 누워서 하늘을
   바라보는 것이 아름답습니다
6. 한그리움 되어 날아갑니다
7. 어린 길을 거닐고 싶습니다
8. 한 세월(歲月) 저무는 그 날
9. 그리움
10. 가마우지의 슬픔

'짙은 그리움을 느끼게 해 주는 / 눈송이처럼 가슴속 깊이 쌓이게 하는 /
마음의 꽃자리 들여 / 희미하게 사라져 가는 허수아비 가슴 /
새벽을 빗질하는 마음으로,
모두에게 작은 사랑을 심어주고 싶다.'

 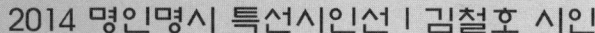
미연(未然)의 이별

🎵 **시낭송 QR 코드**
제　목 : 미연의 이별
시낭송 : 이경숙

나는 그가 좋았다.
그러나 그는 울고 있다.
푸른 하늘이 그립다고.

나는 그를 사랑했다.
그러나 그는 뒤돌아 가고 없다.
모든 것은 부질없다고.

저 편 둥지에 몸을 기대어 본다.

이젠 난 아무도 바라볼 수 없다
그는
하얀 이빨 사이로 웃었다.

마른 입술사이로
주위는 어두워지고 별은 떨어졌다.

어머니의 하루

해질 녘
울타리 사이로 옛이야기 심어놓고
마당 한가운데 웃음꽃이 피어난다.

아뢰오를 아니오로 말했던 그 놈이
공차기에 신이 났던 운동장이 보인다.

연탄불 아래 해가는 줄 모르고
닳아버린 손톱 안고
주름살 깊어간다.

오늘도
재 넘어 유학길 나선 그 놈을,
문 밖에 서성이면서
하얀 밤 지새운다.

그대 떠나가도

보이지 않는다고 존재하지 않는 것은 아닙니다.
소리가 나지 않는다고 침묵하는 것은 아닙니다.
그대가 당신을 사랑하고 간절히 원하듯이
그대가 당신을 그리워하고 바라보듯이
한번쯤은 그대를 생각하고 사는 여유를 가지길 바랍니다.

톱니바퀴처럼 돌아가는 고달픈 삶속에서
같은 생각에 뿌리박혀 있는 고정관념의 틀을
같은 눈으로 보아온 나의 모습을
같은 몸으로 보여 주었던 부끄러운 몸짓을 돌아보고
한번쯤은 그대를 바라보고 사는 여유를 가지길 바랍니다.

내 삶이
힘들고 지칠 때
가끔씩 그대를 바라보고
한번쯤은 그대를 생각하는 파도를 일으키리라.
그대 떠나가도 우리 사랑은 끝나지 않듯이 말입니다.
사랑의 끝은 이별이 아니기 때문입니다.

대관령 햇빛 퍼지는 오후

대관령 양떼 목장 위에
모여진 구름

빗으로 빗질하여
쪽빛 하늘에 담그고,
주름펴 듯
꿈을 담는다

푸른 들판 아래
산들바람 불어오고,

파아란 양철지붕에
아기 양 잠을 자고
하얀 연기 피어오른다.

햇빛 퍼지는 오후
바람도 스르르 잠을 잔다.

다 함께 누워서 하늘을
바라보는 것이 아름답습니다

혼자 서서 하늘을 바라보는 것보다
함께 서서 하늘을 바라보는 것이 더 아름답습니다.

함께 서서 하늘을 바라보는 것보다
다 함께 누워서 하늘을 바라보는 것이 더 아름답습니다.

가까이 다가서서 바라보는 것보다
조금 떨어져서 바라보는 것이 더 아름다울 수 있기 때문입니다.

오랜 어둠속에서 새벽이 빨리 오듯이
땅 속 깊이 뿌리박은 미움도
멀리보면 아름답습니다.
사랑이 깊으면 미움이 생길 수 있기 때문입니다.

조금은 멀리 떨어져서 바라보고
조금은 여유롭게 생각하면
우리의 인생도 아름답게 보일 것입니다.

힘이 들 때
한번 쯤은 우리의 인생길 되돌아 보는 여유를 가지면
아름다울 수 있기 때문입니다.

그리움 되어 날아갑니다

희미해진 가로등 아래
새벽을 빗질하는 손짓도
아스라이 떠오르는 사랑도
머언 그리움이 되어 찾을 길 없고
스잔한 바람되어 스쳐갑니다.

그리운 사람과 함께 해 온 시간들이
한 장의 추억 사진처럼 지나가도
함께 있음이 좋았습니다.

좋아했던 사람도
싫어했던 사람도
파편맞은 향수처럼
하얀 도화지 위에
그리움 되어
날아갑니다.

어린 길을 거닐고 싶습니다

가끔은
직선보다 곡선이
한가로이 흘러가는 강물이
아름다워 보입니다.

밤새도록 흔들어대는 시계추보다
정지된 듯 희미하게 퍼진 안개가
더 아름답게 보일 수 있기 때문입니다.

희미한 불빛으로 녹아드는 밤보다
햇살 가득한 눈부신 아침이
잃어버린 우리의 마음을 깨우고 있기 때문입니다.

조금은 느리고
때로는 여유롭게
우리의 마음을 화장하면서
어린 길을 거닐고 싶습니다.

한 세월(歲月) 저무는 그 날

눈 내리는 날
초가집 주막에서 서성거리던 날이
어제처럼 아련히 떠오릅니다.

황혼길에
슬픈 마음으로
익어가는 날들이 순간이었습니다.

거칠고 힘들었던 반백머리도
비바람 치는 모진 세월도
찰나의 시간이었습니다.

오랜 기다림에
싱그러운 산내음 맡으며
영혼의 행복을 지금 느끼고 있습니다.

잠시 스쳐갔던 사랑도
떠나보낸 사람도
나에겐 말이 필요없는 소중한 시간이었습니다.

한 세월(歲月) 저무는 그 날
문 밖에 서서
그대를 사랑하고 싶습니다.

 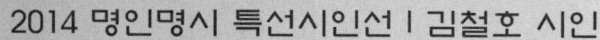

그리움

둑길 언저리에
소담스럽게 피어오르는 연기처럼
빛바랜 사진 한 장 누워있고

아침바람 타고 들려오는 종소리
흔들거리는 나뭇잎 사이로
알 수 없는 그리움이 파도되어
바람처럼 흩어지고 있습니다.

유리창 너머 담쟁이 넝쿨
수척해진 임의 얼굴처럼
아련한 기억으로 다가오고

아스팔트 위로
말없이
사랑이 지고 있습니다.

가마우지의 슬픔

모가지 타들어가는 아픔으로
모든 것 쏟아내는 가마우지의 슬픔이
꽃잎처럼 내려오고 있습니다.

거대한 숲
회색의 아파트 마을이
사람의 물결로
하품을 하고 있고

벽과 벽으로 인해
꿈과 사랑을
저 깊은 강물에 묻어 버렸습니다.

언젠가
우리 마음을 흐려놓은 것들
모두 걷어 버리고
설익지 않은 기다림으로
천천히 다가가고 싶습니다.

시인 김화영 편

시작노트

여명과 함께 일터로 나가 땅거미와 같이 집으로 돌아오는 일상 속에서 빈번한 희로애락의 감정기복을 몇 줄의 글로 끄적이다 보면 어느새 고요가 찾아들고 평안의 잔잔함이 가슴속에 머무는 동안 습관처럼 써온 마음 표현의 졸작! 시(詩)라기보다 낙서에 가까운 글을 선정해 주심에 감사함을 드린다.

목차

1. 거울
2. 어머니
3. 외줄타는 곡예사
4. 삶
5. 새벽 출근길
6. 고장난 신호등
7. 푸른 창공
8. 세치 혀
9. 청춘의 덫
10. 사랑

🎵 **시낭송 QR 코드**
제 목 : 삶
시낭송 : 설연화

거울

거울 속에 비취는
나의 모습 속에서

당당 거리며 달려온
조급한 삶의
찌든 때가 보이고

세월이 할퀴고 간
상흔(傷痕) 사이사이에서

긴 시간의 여행
추억을 읽는다.

기쁨과 슬픔의
모든 기억들이
되돌이표 되어

까마득한 세월들을
되돌려 놓고

입가에 피어나는
서러운 웃음꽃은

연민(憐憫)의 눈물 되어
마음속을 적신다.

어머니

하얀 소복을
즐겨 입으시던
우리 어머니

삼복 따가운 햇볕아래
무성하게 자란
콩밭 이랑 속에서

허리가 아프신
우리 어머니는
무릎으로 기면서
풀을 뽑으시면

어머니의 흰옷엔
흙 투성이가 되고

온 몸과 얼굴엔
흙 먼지와 땀이
범벅이 되셨지!

그 모습 너무나
안타까워

쉬어가면서 하시란
자식 말에

죽으면 썩을 살
아껴서 무엇하냐고

온 얼굴 흙 투성이
웃음 지으시던 그 모습

지금도 꿈속에서
불효자를 울립니다.

생을 달리 하신지
반백 년이 넘어도

불효자의 마음속엔
언제나 계시고

포근한 그 품속이
그리워만 집니다.

외줄타는 곡예사

외줄에 혼과 힘을
함께 담고 사는 인생!
양 손에 부채 들고
기우뚱기우뚱

아차 실수하면
천길 낭떠러지

오른손 부채 펴 흔들다
왼손 부채 흔들어

일분 일초 긴장
멈추지 못해

중심 잡는 발걸음은
무겁기만 한데

긴장의 그 순간을
외줄 위에 꽃 피우고

외줄 끝까지 가야 할 인생길
이곳에선 연습이
허용되지 않겠지!

웃음으로 외줄 타는
곡예사처럼

곡예사의 외줄타기
즐겁게 보이지만

외줄 위에 달랑 혼자
가야 할 우리 인생!

삶

 **시낭송 QR 코드**
제 목 : 삶
시낭송 : 설연화

초롱한 별빛을 바라보며
여명(黎明)의 안개가
걷히기도 전

묵상의 기도로
하루의 일과를 시작한다.

수도 없이 반복되는
하루이건만

새날이 올 때마다
작은 소망들을 앞세우고

허물어진 마음을
추슬러 보지만

일상(日常)이 시작되면
분노(憤怒)와 수치(羞恥)의 주변만을 맴돌고
욕망(慾望)의 구렁은 어디까지일까?

소망을 염원하는 목마른 절규는
생의 위안만을 바라는
덧없는 기도

참이신 그 말씀을
눈으로만 익히는

아직도 내 안엔
내가 있음에

사랑의 아름다움을
어찌 입으로 말할 수 있을까!

새벽 출근길

새벽 다섯 시
고개 마루에서
내려다 보면

눈이 모자라
담지 못하는

반짝이는
별들의 고향

그 속에
흐르는 은하

은하 적도를
가로질러

북쪽으로
큰 곰 자리

그 옆
작은 곰 자리의
북극성이 빛나고

길 따라
빛 뿜는 가로등
에리다누스(Eridanus)의 출렁임!

육십 번 고속도로
벌써부터 체증 오고

늘어선 차량 행렬
내뿜는 불빛이
별처럼 반짝이고

벽두부터
후끈거리는
삶에 열정들

게으른 내 마음
부끄럽게 만드네!

고장난 신호등

마음속에 꿈틀대는
욕망의 운무(雲霧)

빨간 신호등 커진 것 보고도
지긋이 눈감고 지나가 버리고

주위 살피라는 노랑색
파란불로 생각하며
거침없이 가는 인생

파란색 불빛보고
걸음 멈추는

복잡한 인생길
사거리에서

스산한 가슴속
고장 난 신호등!

푸른 창공

젊은이들이여
꿈을 펼쳐라

저 푸르른
창공 만큼이나
넓고 높은 꿈을!

그대들의 꿈을
방해할 자
아무도 없으니

그대들은
독수리 날개 달고
솟구쳐 오르기만 하면

드높은 창공의 꿈은
오직 그대들의 것

좁은 세상만을 보고
탓하지 말고

심연(深淵)의 눈 높이 키우고
날개 저어 올라갈
힘을 기르라

그 힘은
누가 주는 것 아니고

오직 그대들의 가슴속에
응고된 마음의 집합(緝合)에서
나오는 힘이니

신념 하나로
초지일관
창공을 날고 싶다면

그 높은 이상의 꿈을
그대들의 가슴속에
잠재우지 말기를……

세치 혀

입 속에 틀어 앉은
세치의 염라대왕

따뜻한 말 한마디
용기 얻어 살리고

아름다운 격려의 말
기운 얻어 새 삶 주며

비웃는 한마디 말
깊은 구렁 몰아넣고

생각 없이 뱉는 말　　　　의도적 악한 말
가슴속 멍 들이며　　　　지옥으로 몰아넣고

해서는 안될 말　　　　무심코 던진 말
심장에 못 박으니　　　　촌철살인 저지르는

　　　　　　　　　　세치 혀 염라대왕
　　　　　　　　　　희희낙락 했을까

청춘의 덫

청춘
그대들은
무엇을 원하고 있는가

출세하고 싶은가
부자 되고 싶은가

당신들이 바라는 그 꿈
그것을 향해 돌진하라

한 발짝 나가면
한 발짝 앞에 있고

열 발짝 나가면
열 발짝 앞에 있으리니

콩 심은 데
팥 날리 없고

팥 심은 데
콩 날리 없듯

꿈 심은 데서
좌절 나오지 않고

오직 꿈의 새싹
두 팔 벌리고
싱그럽게 피어날 것이다

우리 인생 그 젊음은
한 번 가면 올 수 없고

젊어 놀면 노는 만큼
나이 먹어 후회 오니

언제나 정신을 깨워서
향락의 유혹을 물리쳐
청춘의 덫을 슬기롭게 넘겨라

농부가 힘든 일 참으며
허리 휘게 일함은

가을에 알찬 수확
꿈 이루기 위함이듯

꿈을 위해 쏟은 피 땀
반드시 보응 오나니

청춘들이여
꿈을 심고 키우기 위해
부단한 노력을 쏟으라!

사랑

마니아 사랑과
에로스의 사랑 속에

꿈틀대는 그것들은
로맨틱으로 치닫고

가슴 울리고
그리움 몰아
태운 잿더미

회색 잿더미 속
남아있는 불씨는

플라토닉 사랑으로
마음 익히어

아가페 사랑 받고
새싹이 돋네

세월이 흐를수록
바뀌는 사랑

세상이 뒤집히고
천지개벽 한다 한들

아가페 사랑만은
영원 하리니!

시인 도성희 편

🎵 **시낭송 QR 코드**
　제　목 : 임진강은 유유히 흐르지만
　시낭송 : 최명자

목차

1. 임진강은 유유히 흐르지만
2. 가을은 언제나 허전한 계절
3. 기억을 걷는 시간
4. 때론 나도 바람이고 싶어요
5. 만약 시간을 담아둘 수 있다면
6. 만추의 계절에 만난 사람
7. 멈추어버린 시간을 찾아서
8. 나는 지금 어디에 있습니까
9. 비, 그리고 야상곡
10. 하나의 의미가 되고 싶다

시작노트

시란 제 영혼 밑바닥에 깔려 있던 하나의 염원이었습니다. 한 동안 묻어 두던 시절엔 까맣게 잊었다고 생각했는데 어느 날부터 제 가슴 속에서 속삭이는 소리가 있었습니다. 그 속삭이는 소리가 언어가 되고 그 언어를 옮겨 적으니 한 편의 시로 탄생이 되었습니다. 하나의 언덕을 올라가니 또 하나의 언덕이 기다리고 그 언덕을 정복하고 싶은 것이 제 소망이었지요. 그것이 오늘의 저를 있게 했습니다. 대한문인협회와 함께해서 행복합니다.

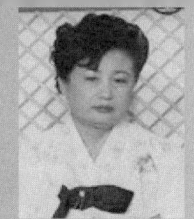

임진강은 유유히 흐르지만

🎵 **시낭송 QR 코드**

제 목 : 임진강은 유유히 흐르지만
시낭송 : 최명자

강물은 긴 세월 유유히 흐르지만
시간은 멈추어버렸다.
세월이 흐르고 흘러도
임진강은 예나 지금이나 다름이 없다

세월이 흐르고 강물도 흐르는데
유독
임진강만
멈추어 선채로 그 자리에 머문다.

한으로, 한으로 남아 떠도는 영혼들이
그 자리에 머물러
아직도
시간을 붙잡고 놓아 주지 않기 때문일까

수 십 년 전의 모습이나 지금의 모습은
변함이 없이 그대로이니
그 자리에 가면
난 아직도 예전의 모습 그대로이다.

강물은 유유히 흐르지만 시간은 멈추어 있다.

가을은 언제나 허전한 계절

내 기억 속의 가을은 언제나 쓸쓸하다
텅 빈 들녘
부서지다 만 허수아비 하나
바람 소리만 시리게 들리는 가을의 기억

스산한 바람에 들려오는 억새풀 소리
누구의 흐느낌인가
내 시린 가슴에
황량한 바람이 불어 싸한 아픔이 온다.

광활한 가을 하늘은 시리도록 눈부시고
고추잠자리 하늘을 나는데
그럴수록
텅 비어가는 내 가슴은 가눌 길 없다.

갈 바람에 낙엽은 우수수 떨어져
보도 위를 구르는 소리
서걱거리면
차가운 공명이 파생 되어 가슴이 아리다.

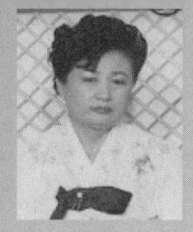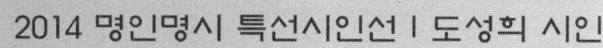
기억을 걷는 시간

하얗게 바래진 기억 속에
흐려진 렌즈의 초점
가물가물해지는
빛 바랜 기억을 잡고 있습니다.

서리꽃은 하얗게 피었고
가야 할 길은
얼마나 남았을까
지나온 시간 회오만 남습니다.

텅 비어 버린 공간 속에
차곡차곡
채워 나가는 기억들
더 이상 채워지지 않아 애끓는 마음

엉켜진 실타래 같이 풀리지 않는
연무 속을 헤매며
시간이란 외줄을
바우덕이처럼 아슬아슬하게 걷습니다.

때론 나도 바람이고 싶어요

천 년 바위처럼 흔들리지 않고
침묵으로 삭이며
한 자리에 머물러
달관한 마음으로 포장하였지요.

서서히 낙조에 물들어 가니
지나간 세월
회한도 생기고
과연 나를 위해 무엇을 했는가

나 자신을 상실하고 순응하며
한 점 바람 없는
잔잔한 바다
그 바다로 살아 온 기나긴 세월

바람이 불면 방풍 막 뒤로 숨고
터지려는 가슴
꽁꽁 묶어 가며 살았지만
때론 나도 바람이고 싶어요.

만약 시간을 담아둘 수 있다면

커다란 자배기 속에 물을 담듯
시간도
담을 수만 있다면
서리서리
긴 시간 담아 두면 좋겠다

사람이 살아감에 베짱이처럼
시간만 죽이고
유흥에 취해
노래만 부르며
그렇게 살아 갈 수는 없는 것

유유히 흘러가는 시간 속에
머물러 있기엔
촌음이 아까운데
담아 둔 시간
필요 할 때 꺼내어 쓰면 좋겠다.

아직도 할 일이 너무나 많은데
시간은
멈추어 주지 않고
저만치 앞장서니
담아 둘 수 있다면 담아 두면 좋겠다.

만추의 계절에 만난 사람

텅 빈 내 마음은 가을 들녘 같이 허허롭다.
세월이 흐르듯
나 또한
흐르는 세월과 같이
만추의 계절에 들어서
허전한 마음
가눌 길 없어 오한에 떨고 있다.

긴 여정 홀로 고독에 몸부림 칠 때
가을같이 찾아온 그 사람
온유한 눈빛에
따뜻한 가슴을 지녀
오한에 떨고 있는 나를
포근하게 품어주어
내 인생 다시 소생하게 해주었지.

어느 땐 연인같이, 어느 땐 친구같이
부담스럽지 않아
더욱 포근한 사람
섬광 같은 혜안으로
내 아픈 마음
말갛게 치유해 준
그 사람을 만나 참 행복합니다

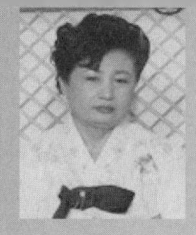

멈추어버린 시간을 찾아서

갑자기 숨이 막혀 숨을 쉴 수가 없다
길은 잘려 있고
나부끼는 플랜카드에
알알이 박힌 염원들
아! 이것이 우리나라의 현실이구나.

철마는 달리고 싶어 가쁜 숨을 토하고
달릴 수 없는 고통으로
아파하며
스스로 자신의 표피를 벗기고 있다

까닭 없이 흐르는 이 눈물은
멈추어버린 시간 때문인가
군중들은
몰려왔다 몰려가는데
내 귀에는 아무 소리도 들리지 않는다.

긴 세월 동안 멈추어버린 시간으로
길은 있으나
길이 아니고
허망한 교간만이
멈추어버린 시간 속에 한숨을 토한다.

나는 지금 어디에 있습니까

흔들리며 살아가는 것이 인생이라지만
그 보다 더한 지진도 나고
화산도 폭발하여
용암이 흘러내려
어디로 가야 할 지 망막합니다.

지축이 흔들리고 하늘 마저 돌아가니
멀미에 구토증까지
뱅뱅 돌아가는 세상
온전한 정신으로
내가 발 붙일 곳은 어디입니까?

사위는 연무로 가득하고 시야는 캄캄하니
한 치 앞도 보이지 않는
눈은 있으나
청맹과니가 되어
내가 서 있는 곳, 여긴 어디입니까?

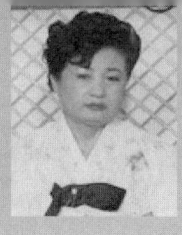

비, 그리고 야상곡

떨어지는 빗줄기가 내 창을 두드리면
통통 튀는 소리가
쇼팽의
야상곡을 기억하게 해
아련한 추억 속으로 빠져든다..

피아노의 건반이 움직일 때마다
감미로운 음률은
검은 장막 속에
한 떨기
수선화처럼 아름답게 피어나고

밤 안개 자욱하게 깔린 뜨락에
비를 피해 들어 왔나
귀뚜라미
노래 소리가
피아노의 선율과 멋진 조화를 이루어.

빗소리와 피아노 음률과 귀뚜라미 소리
하나의 호흡으로
조화를 이루면
지나간 추억이
아름다운 편린 되어 뇌리 속에 각인 된다.

하나의 의미가 되고 싶다

삶이란 굴레를 가슴 속에 안고
응어리지 마음
용해 되지 않은 고통
그러나 그 모든 것이 내가 풀 숙제다.

섬광처럼 번쩍이는 혜안을 가지고
엉켜 있는 실타래
한 가닥씩 풀어야 하는
그것도 나 자신이 해야 하는 것

눈을 뜨고 사물을 보면 가물가물
모든 것들이 어지럽고
초점이 맞지 않는 안경 같은 것
그래도
두 발 버텨 서서 꼿꼿이 서리라.

산다는 것이 때론 고통일지라도
쓰디쓴 사약 같은 고통
달콤한 꿀처럼
녹일 수 있는
그런 사람으로 살아가고 싶다.

시인 문은자 편

목차

1. 가을의 재회
2. 맛있다 할매
3. 목련화
4. 어느 가난한 밤에
5. 늦잠
6. 꽃과 풀과 돌
7. 개구리 반찬
8. 자유를 찾아서
9. 가을여행

♪ 시낭송 QR 코드
제 목 : 어느 가난한 밤에
시낭송 : 정연

시작노트

불타는 가을 단풍에 넋을 놓아 행
복에 겨워하던 날이 엊그제건만
지난밤 비바람에 가을도 가고 노
을도 가고 내 곱게 설레던 마음마
저 떠나갑니다. 초겨울 회색빛 추
위가 어느새 허전한 내 속을 비집
고 들어와 겨울채비에 이미 돌아
섰지만 시가 좋아 별을 세고 달을
불러 노래할 수 있게 된 오늘이 마
냥 감사하고 행복합니다.

가을의 재회

가을의 재회는
그리움이 쌓이는 풍경

그것은
어느 이름 모를 들꽃의
마른 계절을 견디게 하는
아침 이슬방울이며

붉은 노을에 물들어가는
가을 홍시의 수줍음이다.

가을 나그네
그 마음 둘 곳 없는
갈바람의 속삭임에
취해버린 억새의
속절없는 흔들림이며

소리 없이 쌓여가는
갈색 그리움에
누군가의 거름으로
만나야 할 낙엽무덤이다.

맛있다 할매

예전에 친정엄마 집 옆
이웃에 사시던 할머니 한 분
우리 집에 마실 자주 오셨네.

혼자 살아서 심심해 오신다기에
밥 때에나 아닌 때나
울 엄마 반기어 맞으며
정성껏 음식으로 대접하셨지.

그 할머니 그때마다
매번 줄곧 하시던 말씀
맛있다. 맛있다. 참 맛있다.

더운 여름 부채질하며 냉수를 마셔도
맛있다. 맛있다.
물이 어찌 달달하게 맛있노.

어쩌다 친정 가서 마주칠 때면
나물이, 과일이,
맛있다. 맛있다. 참 맛있다.

그렇게 맛있다 할매 엄마 집 오시면
앞 이도 하나 없이 잘도 잡수시곤
맛있다. 그 말씀 하나만으로
울 엄마 웃겨드려 참 고마웠었지.

지금쯤 그 할매 하늘나라에서도
맛있다. 맛있다. 노래 부르시며
울 엄마 찾아 마실 나가셨을까?

목련화

하룻밤 꿈이었나
뽀얀 미소를 머금은 너

따스한 날
기약도 없이 성큼 피어나
널 마중하지 못한 날
미안하게 만들었지.

그렇게 무심한 너
인사도 없이
봄 풍에 또 실려 가버릴까봐

우윳빛, 네 순결한 향기
애써 가슴에 새겨 담아도

고고한 네 자존심은
돌아서면 냉정한 꽃샘추위

아! 조바심에 애태우는
외사랑 목련화여….

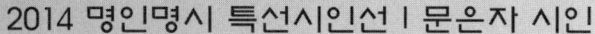

어느 가난한 밤에

고요한 적막을 지나 별똥별이 쏟아진다.

늦은 밤 이제나저제나 남편을 기다리던
착한 아내의 한숨 소리에
마당 평상 한 모서리가 흔들거린다.

대보름도 아닌데 달빛은 밝고
하염없는 별천지에
밤하늘은 바닥까지 눈부시다.

언제쯤 올려나
식어버린 못 대 위 전어비린내만
도둑고양이 정지문 밖을 서성이게 한다.

밤바람이 차다던 아내의 걱정이
유행 지난 목도리 속에 칭칭 감겨있다.

♪ **시낭송 QR 코드**

제　목 : 어느 가난한 밤에
시낭송 : 정연

겨울밤이 주는 찬 기운도 아랑곳하지 않고
한 손에 움킨 전화벨 소리만
애타게 기다리는 어느 가난한 밤

누군지도 모를 만취한 짧은 인연을 싣고
희뿌연 자동차 전등 불빛만 쫓는다.

좁은 골목길에 박힌 희뿌연 가로등 하나
어느새 꾸벅꾸벅 졸음만 힘겨운데….

늦잠

휴일 아침나절
베개 하나 껴안고
뒹군다.

죽으면
죽도록 늘어져
잘 잠이지만

버릴 생각은
개미 눈곱만치도
없다.

세상근심도
뱃속의 소음도
뒷전인 채

달콤한 늦잠 속에
늘어지게 빠져든다.

꽃과 풀과 돌

꽃과 풀과 돌이
발길을 잡았네.

셋은 각자 빛깔로
제 빛을 발하며
나그네의 눈길을
쉬어가게 하였지.

꽃은 풀이 있어 빛났고
돌은 꽃을 지키듯이
풀은 돌멩이를 에워싸며

서로가 서로를
지켜주고 있었네.

홀로였다면 아무것도
아닌 채로 잊혀 질 것을

그들 함께였기에
나그네의 부러움을
안고 담게 하였지.

그 아무도 잘난 체
뽐내지 않던
꽃과 풀과 돌멩이

개구리 반찬

동네 어른들 논두렁에 엎드려
미나리 수확하던 그날

동네 코흘리개들 개구리 잡느라
웅덩이에 빙 둘러섰다.

긴 꼬챙이에 호박꽃 실에 꿰어
절로 부르던 되돌이표 합창

개구리 반찬 맛좋다.
개구리 반찬 맛좋다.

호박꽃 하나 쑤욱 잠수하면
맹한 개구리 한 녀석 헤헤거리고

기다란 뒷다리 하늘 향해 뻗고
그 단내에 쏘옥 꼬드겨 온다.

땡볕도 꼬이고 개구리도 꾀인 날
동네 개구리 씨가 마른다.

자유를 찾아서

새들이 푸른 하늘을
자유롭게 헤엄치듯
그 가벼움 하나 닮은
날갯짓할 수 없을까?

불현듯 엄습하는 어둠이
내 안에 찾아올 때

눈부신 태양 한가운데
그 어둠 던져두고
미소한 한 줄기 빛
두 손 모아 간절히 부르면

진정 내 안의 자유
그 눈부심을 찾을 수 있을까?

가장 무거운 나를 버리고
가장 가벼운 내가 남을 때

아! 저 가벼움 하나 닮은
영원한 날갯짓 하늘거리며
나 그렇게 비상하리라.

가을여행

양떼 같은 흰 구름아!
너와 함께 하는 여행
괜찮은 거지.

나는 아마도
진분홍 코스모스에
코를 들이대고

네가 가는지 오는지
얼이 빠진 채
허우적댈지도 몰라.

가을 하늘이 아무리 깊어도
네 점박이 무늬만
따라 나오면
길을 잃지는 않겠지.

아! 그런데 어쩌나
갈바람에 잔뜩 부푼 널
믿을 수 없네.

가을 길 헤매어도
난 떠나야 하는데.

시인 박근철 편

목차

1. 꽃이 질 때 부르는 노래
2. 보고 싶은 사람
3. 가을은 또 다른 희망
4. 평생 짊어진 그리움
5. 가을에는 가을이 가깝다
6. 가을엔 그리워 하리요
7. 그대 떠나 있는 시간이
8. 가을의 미소
9. 꿈의 계절
10. 가을은 그런 거야

시작노트

사람이 살아감에 있어 어떤 일에 집중한다는 것은 고통이며 무한한 기쁨이고 흥분된 일일 것입니다. 시인의 삶에는 많은 고독과 외로움에도 자신을 다스려 내면의 세계를 문자로 형상화 해가는 또 다른 자연이라 생각합니다. 가을이 물든 끝자락에 아름다운 소식을 담을 수 있는 특선시인선 명인 명시에 선정됨을 큰 영광으로 생각합니다. 대한문인협회의 힘찬 발전을 기원합니다.

♪ 시낭송 QR 코드

제　목 : 가을에는 가을이 가깝다
시낭송 : 박영애

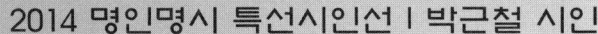

꽃이 질 때 부르는 노래

님아 가지마라.
이름 모를 풀같이
벗겨지고 그 한 잎마저 찢겨
그리움은 어둠에 내립니다.

찬바람에 마르고 말라
화려한 이름조차 기억에 질 때
옛 사랑은 감감합니다.

왜냐면 그 곳에 새로 피어난
미소를 보았기 때문입니다.
당신이 떨군 사랑이
곱게 피어 꼭 닮은 노래를 하고 있겠지요.

그러니 질투하지 마세요.
당신은 그렇게 가고
세월도 갔지만
당신이 있던 언덕에는 여전이 당신이 피니까요.

보고 싶은 사람

물드는 내 마음을
그리움이라 하지 않을 것입니다.
왔다가 싸늘한 떨림만 주고 가는
바람이라 할 것이지요.

그래도 못내 아파진다면
산허리 올라 멀리 멀리 바라 볼 것입니다.
흰 구름 속에서 당신을 발견하고
잠시 잊으려 하였던 나를 책망 하겠지요.

오늘따라 바다건너 뭍에
그대 보고 싶은 맘 빙빙 도는 소용돌이 같습니다.
이런 날은 달려가는 선객으로 있어도 좋을 것을
삶의 이랑에 쟁기를 놓을 수 없어

빈 가슴을 빨다 서럽게 울어 버린 아이마냥
늘어집니다.

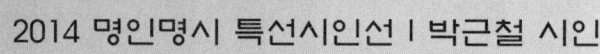
가을은 또 다른 희망

마른 바람에
탱탱함 잃고
고통을 인내 하며
마디마디 멍울 든다.

준비 없이 떠나는 길손
멍울에 시린 속 알이
누가 알아줄까 만은
너나없이 가을로 갈재

내일을 준비하는 청솔모
입 볼 타구는 터질 새라
떠나는 그림자가
검어질 적에도

따스한 광명은

낙엽 속 깊은 곳에
멍울 든 가슴 녹이고
양지쪽 희망이 돋는다.

평생 짊어진 그리움

그리움에 기진하여
염분에 찌들어 녹슨 마음
뻘 가에 쳐 박혀
벌겋게 핏 빛으로
보이지 않는
물 속 담장 삼아
잊혀진 듯 고요하고 싶다.

추스릴 수 없다면
녹슨 세계에 허우적임이나
느끼며 살자 할까.
고물장수의 손에 들어
용광로는 보지말자.
그리움 없는 세계는 없을 테니
차라리 녹을 뒤집어쓰고 살까.

그래도 답답하다면
산소나 크게 들이켜
녹아내리리라.
모질던 그리움도
똑딱거린 초침 속에
내가 살고 너가 죽는 것 없고
내가 죽고 너가 사는 것 없으니
그 때 그리움의 녹도 벗어지겠지

가을에는 가을이 가깝다

🎵 시낭송 QR 코드
제　목 : 가을에는 가을이 가깝다
시낭송 : 박영애

걸어가는 길은
가을에 가까워지고
굽이마다 이끼도 끼고
꽃도 피었다.

생각하며 가지만
그 길은 언제나 새로운 길
가다만난 나무도 바위도

쓸쓸한 바람에
쉬어갈수 없게 내몰리고
영혼마저 피폐하다.

가을이 올수록
가슴은 뛰고, 힘은 적은데
기도하지 않을 수 있을까

가을엔 그리워 하리요

그리움의 아지랑이
가슴에 필적에
보고 싶은 그님 만나러 가야지

행여 못 만나도
가을엔 그리움으로
적셔 지리라.

챙겨주지 않아도
물결 같은 내 사랑
해지고 달빛 떠오르면
눈을 감고
그대 그려보리라

그대 떠나 있는 시간이

덜커덩거리는 바람의 요동함에
창문 넘어 세상이 불안하다.
빛 고운사랑 익어 가는데
떨어져있는 시간 마음 무겁다.

모질게도 그리워하여
밤마다 너를 찾아 헤메는 내 모습
달빛 스며드는 오솔길 즐거웠네.
고운 모습이 그대로 여기 있는데

창문 넘어 그대 두고 있는 내 모습이
구름사이 홀로 달리는 달빛
간간히 흘러드는 빛에 그리움 크고
여름더위마냥 몸은 그리움으로 뜨겁다.

가을의 미소

가을에는 그려보리라.
둥그런 미소를
색색이 물들 때
그려보면 좋겠네.

노랑 잎에는 노란 미소를
빨간 잎에는 수줍은 미소를

먼발치 물들 적에
좋다. 굿다. 말하지 않고
너울너울 웃어보리라
가을 닮은 미소를

꿈의 계절

꿈의 계절 끝에는
아름다운 영혼의 맑음이 있고
샘물같이 시원히 흐른다.

아무 말 없어도 그리운 소리알고
울림은 청아하여
가슴속에 어두움은 빛이 된다.

거기서는 사랑하는 임만 있어
사랑이 곱디곱게 물든 단풍 같아
시간은 세월을 거슬러 머문다.

가을은 그런 거야

풀 섶에 이는 바람이 그리움 되어
옷가지 하나씩 젖어들 때
뚝뚝 떨어지는 사랑도
어느 이듬해 기억 속에 머물다.
석양 빛 상기된 마음에 떠돌겠네.

그래 가을은 그렇게 가는 거지
가을은 그렇게 추억만 줍다가
읽다 퇴색된 소설이 되는 거지
그렇게 가을은 훌쩍 가는 거야

그래서 가을은 연신 바람이 불어
떠나가는 것은 더 멀리
실바람에도 멍들어 낙엽 되는
가을은 그런 거야

목차

1. 하나, (1)
2. 둘, (2)
3. 셋, (3)
4. 넷, (4)
5. 다섯, (5)
6. 여섯, (6)
7. 일곱, (7)
8. 여덟, (8)
9. 아홉, (9)
10. 열, (10)

♪ 시낭송 QR 코드
제 목 : 열, (10)
시낭송 : 박영애

박목철 시집
세월에 실린 나그네

시인 박목철 편

시작노트

사주팔자 못 바꾼다 합니다. 사람은 태어날 때 년, 월, 일, 시를 부여 받습니다. 소위 사주입니다. 한 번 부여된 사주는 일생의 길흉을 좌우한다고 하지요, 사주 모르면 점도 치지 못합니다. 아기 태어날 때 부여된 번호 잘못 알면 남의 아기를 제 자식인 양 키우게 됩니다. 일생을 살면서 수 없이 부여 받은 번호, 웃기도 하고 울기도 합니다. 숫자는 자신이 살고 있는 좌표입니다. 좌표를 이탈하면 낙오이고 퇴출입니다. 응시번호 다르게 써 보십시오, 주민번호 잘못 기재하면 유령이 되고 맙니다. 삶을 지배하던 숫자, 죽으면 끝인가요? 명부전 벽에 걸린 명패, 번호 잊으면 귀신도 만나지 못 합니다. 숫자 누가 만든 것인가요?

하나, (1)

"강원도 평창군 봉평면 1111- * 번지
주소 받고 좋다고, 부자 된다고, 기뻐들 했다."

하나는
으뜸이고 오메가다.
하나에 오르려는 발버둥
역사이고 인생사 아닌가,

하나에
탄식도 있고 환호도 있고
절망도 있고 기쁨도 있다.
하나는,
욕망의 무덤 무너진 바벨탑이다.

둘, (2)

"2013년 10월 모일 현재,
모두 2천 년대 같은 세월에 몸 실었다.
2천 1백 년을 뛰어넘는 사람 몇이나 될까?"

둘은 아쉬운 탄식이고
희망의 미련이다.
둘 때문에 끈을 못 놓은 인생사
역사를 이어가는 동력 아닌가.

셋, (3)

"033-333-3*** (시골 전화번호)
이 번호 받고 좋다고 다들 환호했다."

하나는 천(天)이요
둘은 지(地)요
셋은 인(人)이라 하니,

하늘과 땅, 사람이 하나라면
삼위일체 꿈의 수 아닌가?
하늘에 못 오른 자
땅에 머물긴 싫고
기를 쓰고 얻으려는 수

의미가 난무한다.
진선미, 지덕체, 상중하,
삼 셋의 조어(造語) 수없이 많고
인간의 숫자놀이 가슴이 아리다.

 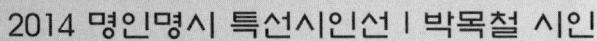

넷, (4)

"4*년 11월 25일 생(生), 평생을 달고 산
내가 귀 빠진 날이다."

셋에서 밀려난 수
기피고 구박이다
있지만 부정된 수니 팽형(烹刑)인가,
러브호텔 가면
복상사 두려운 연인들 고개 젓고
사 층은 외면된 도깨비 공간,

귀 기울이면
도깨비 숨소리 애끓고
애정의 사각지대에 버려진
여인들 신음 공허(空虛)하다.
사 층이 오 층이라 한들
도깨비가 환생할까 만.

다섯, (5)

"58년 개띠, 대한민국 허리라며 허풍이 대단하다."

사가 싫다고
제 이름 육에 뺏기고
감춰진 사의 그림자 드리운체
숫자놀이에도
한 번쯤 쉬어 갈 참(站)은 절실하다.

황금색 중앙이니
조화요 중용(中庸)이다
흑백논리의 살벌함 속에
음(2)과 양(3)을 두루 안아
천지를 가득 품었구나.

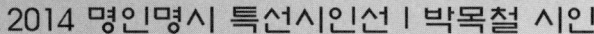

여섯, (6)

"6, 25동란, 백의민족 씨 마를 뻔 했다.
수백만이 흘린 피 전쟁은 끝났는가?"

왠지 밀린 듯한
열외 된 느낌
오와 칠 사이에서
엉거주춤,

내세울 자랑도 없지만
없다면 서운할 듯 싶은 애매한 수
있는 듯 없는 듯
모두 그렇게 살다가지 않더냐,
소외된 정겨움 육 아닌가.

일곱, (7)

"77, 세븐 일레븐 머리 짜낸 상술이 놀랍다.
24시간 편의점 다 말아먹게 생겼다."

더하기의 요술을 본다.
좋다는 삼의 수에 나쁘다는 사를 더해
행운의 수 칠을 만들었으니,

으뜸의 수 일에 좋다는 수 삼을 더하면
악수(惡手)인 사가 되지 않더냐,
욕심의 산물은 언제나 그런 것.

홀로 좋은 수 일보다
품어 좋은 수 칠이라니
홀로 살 수 없는 인간사 수에서 배운다.

여덟, (8)

"88, 서울 올림픽, 군사독재의 계륵(鷄肋) 되었지만
민족의 자부였고 황홀한 한바탕 꿈이었다."

음양이 조화되어야
탄생의 경이를 보지
트랜스 젠더의 아픔을 보듯
남과 남, 여와 여,
희망의 대 끊김의 아픔을 본다.

숫자라고 다를까
수의 틀 안에서 안간힘 써보지만
한계에 갇힌 수 팔이란다.

아홉, (9)

"99.9%, 순금을 사면 주는 인간 한계의 보증서,
10을 칭한다면 이미 지구인이 아니다."

땅에 발 딛고 사는 자
하늘의 존엄은 알고 있다
십(0)은 불가촉(不可觸), 신의 수
인간의 한계 넘어 신의 영역이다.
날고 기는 땅의 고수들
겸손 떨며 9단에 만족한다.
10단을 칭한다면, 역린(逆鱗)이니
누가 용의 수염을 건드릴까,
지(地)의 한계를 아는 겸손의 수(數)
인간의 한계이니
바벨탑을 쌓다 깨달은
생존의 지혜이다.

열, (10)

🎵 **시낭송 QR 코드**
제　목 : 열, (10)
시낭송 : 박영애

"ㅇ순위 라면 깜박 죽는다.
순백의 색에 누가 덧칠을 할까?"

영(0)은 불변의 수
하나를 더해봐야 십 일일 뿐
아무리 애써도 지울 수 없는 수, 영이다.
하늘의 수에
땅의 수가 힘을 합쳐
십진법을 만들고
합쳐진 조화를 보고
행복한 착각에 빠진 인간의 역사란다.

하늘의 수를 대체 할
이진법 이라나
컴퓨터 놀음에 손가락이 바쁘다
그렇다. 아니다. 흑백논리,
다시 바벨탑을 쌓으려는가?
아기도 손가락으로 세는 십진법, 정녕 버리는가?

목차

1. 산속에서
2. 6월을 보내며
3. 연꽃 차
4. 논두렁
5. 잔인한 아픔
6. 별똥별
7. 꼬막 파는 할머니
8. 종갓집 아침

시인 배태성 편

🎵 **시낭송 QR 코드**

제 목 : 종갓집 아침
시낭송 : 노금선

시작노트

옹기 굽는 가마의 굴뚝은 밑에서부터 찰진 황토흙을 한점 한점 지붕에 잘 붙여서 그위에 차곡 차곡, 투박하지만 단단히 구워진 기와장을 한 장씩 다독여서 쌓아 만든다. 가마에 불 지피기 시작할 때 쯤이면 누렇고 흰 연기가 피어 오르다가 시간이 지나면서부터 차차 가마 전체를 녹이듯 선홍빛 용광로의 불빛처럼 맹렬하게 불꽃을 토해낸다. 그러면서 그 가마속엔 숱한 애환과 땀이 저린 정성들이 고스란히 입힌 채 서서히 혼을 녹아 내면서 질그릇들이 탄생 된다. 처음부터 화려한 출발은 엄두도 못내면서 세상 밖으로 내 맘을 들어낼 때, 두려운 심정으로 글을 쓰고 지웠다가 또 글을 쓴다. 하얀 종이위에 올려 놓고 종아리를 맞는 어린 아이 혼나는 심정이나 된 듯 나를 몰아 세우며 글을 쓴다. 어쩌면 내가 쓰기를 멈출때까지 그렇게 할 것이다. 하나도 남김없는 위선과 난해의 세상 굴레를 훌훌 털어 버리고 누구나 쉽고 투명한, 들여다 보기 좋게 그런 글을 쓸 것이다. 빠른 세상 쉽게 가야 할 것이 아닌가?

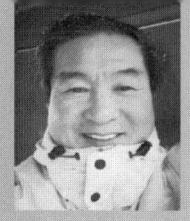

산속에서

삶의 확실한 심연엔
허공에 매달린 불확실성을
애써 보듬어 이끌려는 듯
구천 계곡을 넘나드는 구름 길,

깊은 골 오솔길마다 땀 흘려 오르면
어느덧 확 트인 평지가 펼쳐지고
아스라이 멀리 겹겹이 뻗은 수묵화 한 폭,

시린 계곡물 첨벙 발 담그고
푸르럼 가득한 숲길에 고단한 몸 누이면
태초에 흔적 고이 담은 정적이 휘감고
애써 긴 세월 툭툭 털어 낼라치면
까마득히 높은 푸른 하늘 되어
잠시 숨 멈춰질 듯 탄성이 절로 난다.

긴 세월 산길 따라 지나치듯 길 걸으면
바위 밑 맑은 샘물 잔잔한 곳에
목타는 입술 적신 채 고이 잠들고 싶다
고단한 삶이 녹아내리듯이…

6월을 보내며

6월을 보내는
비가 눈물 뿌리듯
하늘을 적신다.

못내 아쉬워
하염없이 추억 속으로 달려가
꼬박 뜬눈으로 밤을 지새우고,

초라해진 어깨 위로
북받쳐 오르는 슬픔이
하얀 입김 내 뿜으며
희뿌연 창문에 눈물 되어 흐른다.

그리움 뒤로 하고 돌아서는 등뒤엔
고단한 삶을 꼭 껴안은 얼룩진 세월들이

부서져 떨어지는 빗물 속으로
다시는 만날수 없는 추억을 찾아
발목을 적시며 길 떠난다.

연꽃 차

누가 불타는 연옥을 지옥이라 하던가
타들어 가는 땡볕에 육신을 누이고
톡 건드리면 힘없이 부서져
흩날리는 마른 잎새지만,

펄펄 끓는 물에서 부르륵 떨리는 소리 클수록
향기는 천 리를 단숨에 내달리고
뜨거움을 몸으로 부셔내며 혼을 다해 뿜어내는
맑고 투명한 연두색 체액이

동창이 눈부셔 환한 아침에
혼미한 영혼을 티 없이 걸러 내는
향 그윽한 차 한 잔으로 거듭난다.

뉘라서 영혼이 존재 한다고 했던가
이슬보다 맑은 혼을 부르는 연잎 차.

오래된 낡은 반상 위에 놓인
소담스런 하얀 백자에 녹아 배여
은은한 연옥이 살아 넘친다.

담장 넘어 오는 햇살이 웃음짓는 이 아침에.

논두렁

소나기 지나갈 즈음에
철퍼덕 독새풀 밟히는
논두렁길 걷노라면,

발자국 소리에 놀라 물방울 튕기며
소스라쳐 도망가는 개구리 등짝이
맨질하고 촉촉하다.

무심코 툭 채인 돌멩이 하나 풍덩
진노란 수염 긴 미꾸라지들이
고물거리며 누런 항토흙 속으로 파고들고

따스한 물웅덩이에 낮잠 즐기던 메기도
실눈 한번 쓰-윽 뜨고는
두툼한 입술 삐쭉거리며 못마땅한 듯
긴 한숨 푹 내쉬곤 사라진다.

논두렁길 걷노라면
먼데서 밥 짓는 연기 냄새도
어무이 빈 쌀독 박박 긁으며 밥 짓던
아궁이 장작타던 연기냄새에 가슴 뭉클, 목이 메이고
젖은 바짓가랑 말아 올리고
우렁이 잔뜩 잡아 검정 고무신에 담아서
명숙이, 영희, 곰바우에게 자랑하러 뛰어가던
내 어릴적 그때가 그리워진다.

잔인한 아픔

비바람이 흩날리고
잔물결이 일렁이는
어스럼한 숲속에

이름 모를 철새 주검 하나
낙엽 더미 위에 뒹굴고 있다.

이 숲 저 숲을 다니며
아침이면 고운 울음소리로
밝고 힘차게 세상을 노래한
즐거운 삶이 였건만,

예측 못한 죽음도 너를 찾았더냐?
너 하나만이라도 피할 수 없더냐?

풀잎 사이로 비치는
손바닥만한 슬픈 무지개야

애써 지우고 떠나지 말고
눈감은 철새 눈망울 자욱 위에라도
제발 오래 머물다 떠나거라.

그나마 눈감은 철새가
작은 무지개 너만이라도 위안 삼고
떠나는 저 먼 길 벗이라도 하게…

이제 다시는
슬픈 이별 보이지 않으려거든
작은 이숲을 찾아오지 마라.

황폐해진 이숲 속에
네가 다시 온들 반길 뉘있드뇨?

별똥별

유난히도 유성이 많은
시월 밤하늘 저 한편에

하늘에 모자이크 해 둔
굳어버린 세월이

동쪽 하늘에서 우수수
서쪽 하늘로 휘리릭하고

캄캄한 저 칠흑 속의
손사래가 가르키는 곳에서

아직은 미처 꿰매놓지 못한
빈 허공으로 찰나를 멈춰 세운다.

시간이 허공으로 곤두박질 치는 순간이
황홀하게 아름답기도 하고
신기하게 빠르기도 하여라!

꼬막 파는 할머니

세월을 재봉틀에 박아버린
허접한 할머니의 몸뻬 낡은 치마

줄어버린 발 크기에 겨우 끼어들어
걸치듯 담겨있는 초등생 운동화

깨부서져 닳고 낡아 버린 놋쇠 주발 하나
수북히 꼬막 쌓아 놓고 떨어지면 또 올리고
날아다니는 파리 쫓는 게 오후 나절 전부다.

해거름에 시장 가름막 위에 햇볕 잠시 머물면
할머니는 훌쩍해진 엉덩이 자국 몸뻬 끌어당기며
오가는 사람들에게 합죽한 입 버벅이며 눈웃음 보낸다.

"수북이 드릴 것이니 내 꼬막 사가 아이소잉."

외치다 잠시 안 보이면 받은 돈 세고 있다,
파는 것 보다 잔돈 세어 주는 게 더 느린 손짓
성급한 젊은 엄마들이 알아서 세주고 간다.

"내일 또 사러 오이소잉, 수북이 드릴 것잉게."

허리춤 한 번 쭉 길게 뻗을라치면
그날 장사는 끝났다는 몸동작 귀가 준비다.

바퀴 하나 뒤뚱거리는 간이 포터 힘겹게 끌고는
반쯤 팔고 남은 꼬막 보따리 업고 집으로 향한다.

홀쩍해진 할머니 엉덩이 자국에는
지나던 시간이 하얗게 센 채로 멈추어 있다.

종갓집 아침

반질반질 물때 정겨운
넓고 긴 송판 마루 위를

갓 다듬질한 하얀 코 버선
통통하고 작은 발이

버선목 위로 속살 내비치며
앙증맞게 사뿐히 내딛는다.

이른 새벽 부엌으로 향하는
종갓집 며느리의 가녀린 허리춤

청아한 치마저고리 소복 차림
소리 죽이며 빨려들 듯
대청마루 벗어나는 잰 걸음이
구름 위를 거니는 선녀처럼 고즈넉까지하다.

♪ **시낭송 QR 코드**
제 목 : 종갓집 아침
시낭송 : 노금선

정성스럽게 씻고 닦고 단정한
마당 가득 듬직한 장독들 사이로
흰소매 걷어올린 치마자락이
분주히 시간을 꿰며 지난다.

디디는 발자국이 먼저와 찍힌 발자국위로
소슬바람 타고 흩날려 희미하고
송글 맺힌 코끝 땀방울이 점점이
코버선 고무신짝 위로 겹쳐 뭉개진다.

넓은 마당 한가운데 서리 맺힌 입김이
아직 덧칠하지 않은 풀어헤친 허공으로
어린 화공이 먹물 잔뜩 붓칠하듯
내뿜어 휘갈기며 달린다.

미처 닫히지 않은 세월 틈새로……

시작노트

시인 백낙은 편

따뜻한 온돌방 아랫목이 그리워지는 2013년 연말입니다. 화롯불에 알밤 구워 놓고 호호 불면서 나눠 먹든 불알친구들이 사무치게 그리워지는 계절입니다. 스산한 분위기에 애절하기도 하고, 허전하고 쓸쓸하기도 합니다. 그래서 저도 이 가을을 노래하고 친구와 그리움을 노래해 보았습니다. 여기 2014년 특선시인선이라는 화롯불에 쏠쏠한 알밤들을 구워 놓고, 시우들과 함께 긴긴 겨울을 지새우며 봄을 기다리려 합니다. 길동무가 되어주신 2014년 현대시를 대표하는 특선시인선 시우 여러분들께 깊은 감사를 드리고, 다른 독자들도 이 알밤구이에 동참해 주실 것을 호소합니다. 마지막으로 대한문인협회의 무궁한 발전을 기원하면서 인사를 대신합니다. 감사합니다.

목차

1. 가을이 오신다네
2. 그리움
3. 꽃님이
4. 달팽이 인생
5. 물, 강 그리고 바다
6. 배롱나무의 외침
7. 산삼을 캐러 가다
8. 세월이란 친구
9. 월호의 석양
10. 잊힌 벗님네

백낙원(은) 시집

씨밀레 (영원한 친구)

🎵 **시낭송 QR 코드**
제 목 : 달팽이 인생
시낭송 : 박영애

가을이 오신다네

하도 버거운 더위
지겨운 터에
풀벌레 소리에 실어
임께 친구요청 보냈더니
수락 답장 보내셨네.

너무도 반가워
박차고 나가 보니
부지런히 오시느라
옷자락 스치는 소리
조금만 기다리란 전갈이시네.
임도 오시고 싶어
안달이 나셨는지
산들바람 파발 보내
머지않아 가겠노라
아침저녁 댓글을 다시네.

기왕 오실 바엔
제발 애태우지 말고 오세요.

그리움

모롱이 돌고 돌아
임이 지나던 길섶.
밭뙈기 옆 나무 밑에서
기다리던 그 옛 임
지금 어디 가고
안개비만 내리는가.

산그늘 진 밤나무
올망졸망 밤송이
탐스럽게 벙그는데
칠십여 년 뒤안길 돌아보니
시밝 햇귀 시절 어디 가고
높새바람만 스치는가.

*벙글다 : 아직 피지 아니한 어린 꽃봉오리가 꽃을 피우기 위해 망울이 생기다.
*시밝 : 새벽을 뜻하는 순 우리말.
*햇귀 : 해가 처음 솟을 때의 빛.

꽃님이

시간도
계절도
젊음마저도
속절없이 흐르는데
알록달록 예쁜 꽃님이
후원 뜨락에 뿌리내렸다.

그 자리
벗어나지 못해
자지러지도록
임이 그리울 때면
내 침실 창 커튼 사이로
향기 먼저 보내는가 하여.

불러도 대답 없는 우리 꽃님이.

2014 명인명시 특선시인선 | 백낙은 시인

달팽이 인생

 시낭송 QR 코드
제 목 : 달팽이 인생
시낭송 : 박영애

무거운 등짐 지고
하염없이 배를 끌며
무엇 먹고 마실까
인고의 걸음 걷는다.

눈도 귀도 먼 채로
지나온 발자취마다 끈적이는 흔적 남기며
끝없는 미로 더듬는다.

내면의 진액 진(盡)하면
불귀객 될 것이지만
이 생명 다하기까지
미지의 길 더듬는 인생인 것을…

물, 강, 그리고 바다

하늘 떠돌던 운무
한 방울 두 방울 실개천 이뤄
깡깡이 소리 내며 흐르다가
쿵쿵 쿵 자 쿵 도랑물 이루고
거문고 장단 맞춰 춤추며 흐른다.

더러는 하늘로도 오르지만
막히면 돌아 뛰어내리고
모여 큰 강물 이루면
깡깡이 소리도, 거문고 소리도 아닌
천만 군중 되어 도도하다.

대양의 낯선 친구 만나도
스스럼없이 악수하고
몸 섞어 피를 나누며
천지개벽 때 그 숨으로
깊음 속 생명을 품는다.

물, 강, 그리고 바다.
너와 나 살리는 어머니 유방.

배롱나무의 외침

너는 어인 일로
나신(裸身)의 고고한 자태하고
할 말이 그리도 많은가.

떠나는 벗 그리면서
정열 담긴 구름 꽃으로
석 달 열흘 한결같구나.

붉은 피 뿜어내며
그토록 소리 높여
무엇을 외치는 거더냐.

허망을 고이 벗고
무욕과 해탈을
만천하에 외치는 거겠지.

*주 : 배롱나무는 목 백일홍, 또는 나무 백일홍으로 불린다. 배롱나무는 자라면서 계속 껍
     질을 벗는다. 꽃말은 "떠나는 벗을 그리워하다."이다. 예부터 이 꽃이 필 무렵에는
     먹을거리가 풍부하여 구걸하는 자가 없었다고 전한다.

산삼을 캐러 가다

건들바람 부는 열매달 모일(某日)
산삼 한 뿌리 캘 심산으로
간식 준비에 여장을 꾸려
벼르던 산행에 나섰다.

굴참나무 숲을 지나니
잣나무가 향을 토하고
나래 편 소나무들이
살랑살랑 솔바람 일으킨다.

"나를 만나려면 자작나무
아래로 오라."는 산삼 찾아
자작나무 숲 헤집고 다녔지만
도라지 더덕 몇 뿌리가 고작이다.

산삼은 캐지 못했지만
그래도 몸과 마음에
산 삶 얻었으니
왜 아니 기쁠 손가.

*열매달 : 9월의 우리말.

세월이란 친구

세월이란 죽마고우
날 때부터 동무하였더니
자나 깨나 죽을 때까지
어깨걸이 풀지 말고
언제나 동행 하자
끈질기게 채근하네.

친구하기 싫다고
벋대도 보았지만
춘하추동 동행 세월
일흔 하고도 다섯 해
아직 마음은 청춘인데
머리는 어느새 파뿌리 되었네.

월포의 석양

된 더위에 지친 해님
노루막이에 걸터앉아
쉬어가는 초가을 오후
동해안 끄트머리 월포의 석양.

가없는 마루는
다소곳이 바다를 품고
해송은 제 키보다
더 큰 그림자 드리웠다.

해수욕도 끝난
빈 모래사장엔
저녁노을 바라보며
날개 접은 갈매기가 외롭다.

향기로운 갯바람
솔 내음까지 싣고
갯바위만 두드리는
구성진 아라가 드세다.

*노루막이 : 더는 갈 데 없는 산의 막다른 꼭대기.
*마루 : 하늘을 뜻하는 순 우리말.
*아라 : 바다를 뜻하는 순 우리말.

잊힌 벗님네

골짜기 스친 솔바람
나뭇잎 붉게 물들일 때면
오래전에 잊힌 벗님네
괜스레 찾아와
추억이란 희나리에
그리움의 불을 지핀다.

도시로 나간 벗님네
소식이나 들어보려
칡넝쿨 어렵사리
전신주 타고 올라
귀 기울여 보지만
갈댓잎 살랑살랑 잊으라 한다.

*희나리 : 채 마르지 아니한 장작.

시인 송준혁 편

목차

1. 9월의 문턱에서
2. 꽃이 되고 싶다. 오늘은
3. 꿈속의 숨바꼭질
4. 너의 길, 나의 길
5. 당신의
6. 삶의 꽃
7. 열린 문틈 사이로
8. 세월이란 친구
9. 촛불
10. 피아노

♩ **시낭송 QR 코드**
제　목 : **9월의 문턱에서**
시낭송 : **박영애**

시작노트

저에게는 올해가 지나기 전에 너무 큰 선물을 받은 것 같아 큰 영광입니다. 7월에 등단해서 특선시인선 선정까지 기쁨의 연속입니다. 젊은 청춘 방황하며 어둡게 살아왔던 지난날을 떠올리며 후회하며 참회하는 문학인으로 우뚝 설 것입니다. 정진해서 더욱 열심히 노력하라는 뜻으로 알며 대한문인협회를 빛내는 시인이 되도록 최선을 다하겠습니다. 사랑하는 주위 모든 분들과 기쁨을 나누렵니다.

9월의 문턱에서

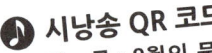 시낭송 QR 코드
제 목 : 9월의 문턱에서
시낭송 : 박영애

이름도 모르는 산을 뒤덮고
허리를 감아 흘러가는 떼구름
무던히 뜨거웠던 햇살 아래 숨 쉬던 삶
더위에 지친 파룻파룻한 잎새
넋을 위로하듯 뿌려지는 한줄기 촉촉한 비
계절은 이미 바빠져 세상에 고개를 내밀고
가을을 재촉하는 비로 대지는 젖어드는데
이제는 무덥던 세월 지나간 날들이 되어
새롭고 풍요로운 가을을 맞이하려 합니다.

꽃이 되고 싶다. 오늘은

한 줄기 바람에도 흔들거리는
꽃잎이 되고 싶다

눈부신 뜨거운 태양 아래
먼지를 껴안은 줄기가 되고 싶다

작은 물방울 이슬에 만족하는
뿌리가 되고 싶다

찾아주는 이 하나 없어도
외로운 삶 스스로 불 밝히며

아픔과 슬픔과 기다림에 만족하는
작은 꽃이 되고 싶다

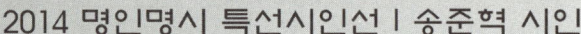

꿈속의 숨바꼭질

무궁화 꽃이 피었습니다
그대는 어디에 숨어 날 기다리나요
뒤꼍에도 아니고 장독대도 아니고
어디서 날 보며 비웃고 계시나요

무궁화 꽃이 피었습니다
팽 나무 뒤에도 보이질 않네요
찾다가 찾다가 지쳐 돌아 설때
그대가 보이네요 제 마음 깊은 곳에

그대가 술래 이젠 날 찾아봐요
내가 괴로워했던 그 순간만큼
내가 애타게 찾던 그리움으로
찾지 못할 곳에 숨어 있을게요

너의 길, 나의 길

세월은 모든 걸 잊고
살아가라 하네
행복한 단꿈 꾸던 것까지
잊으라 하네
이미 떠난 빈자리
다시 돌아올 수 없고
다시 돌아갈 수 없는
너의 길
나의 길

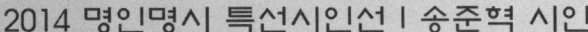

당신의

가뭄 들어 버린 메마른 감정들
당신 생각에 갈라진 땅 적셔주는 단비되어
포근하게 감싸주는 당신 향해 스며들고
사랑도 이별도 추억도 내가 가진 모든 것
고통까지 사랑한다는 당신의 말

한없이 나에게 낮아지는 당신의 배려
그 마음 시 되어 바람에 전해지고
이제는 제가 당신께 낮추어야 할 지금
고맙습니다 사랑합니다 당신

삶의 꽃

으스름한 달빛에 물든 밤하늘
고요한 세상이 잠들어갈 무렵
큰 대추나무 있던 기와집에서
들렸을 갓 태어난 아이의 첫울음

태어나는 순간부터 어매에게 빚을 진다는 말
갚아도 갚아도 갚을 수 없는 천륜의 빚
삶의 꽃을 피우기 위해 고생하셨을 어매
나 태어난 오늘 감사하는 마음으로 하루를 보내련다.

열린 문틈 사이로

반쯤 열린 문틈 사이로
빼곡하게 들어선다
비틀거리던 삶의 무게
비좁은 틈 사이로 스치듯 지나간다.
반쯤 열린 문틈 사이로 새어
들어오던 달빛의 은은함인줄 알았던
주방의 형광등 불빛마저
나를 깨우친다.

촛불

하얀 눈물 흘리며 고통스럽게
아래로 밑으로 타들어 가는
촛불의 심정을 아는가
제 몸 불사르며 한 줄기 바람에
쉽게 사그라지는 지친 영혼
어쩌면 기다렸을지 모를 더넘바람

촛불에 비할 수 없는 悲哀
살아있는 삶 속에 꿈틀거리는 흔들바람
글로 남아 밤을 삼킨다.

피아노

감미로운 소리
곱디 고운 너의 목소리에
슬퍼하고 기뻐하고
하얀 그리움 검은 아픈 추억
두드려 얻어지는 아름다운 선율
빗소리와 앙상블이 되어버린
너의 울음 울어도 울어도
닦아 줄 수 없는 너의 눈물

아내

내 주변에 서성거리며
끼니를 때우기 위해
고구마순 다듬는
아내의 더럽혀진 손
그 손을 잡아
사랑한다 말해볼까

곱게 곱게 자라
아픔 많은 나에게
동반자로 찾아온 아내
손에 물 마른 날이 없지만
날 사랑하며 존경한다는 아내
시와 사랑 나누고 있다고
투덜거리는 아내
시와 결혼 했냐며
불만인 아내
그런 아내에게
사랑한다 말해볼까

시인 신영희 편

시작노트

지루하고 되풀이 되는 일상을 들여다 본다. 자신에 대해 관철하고 지난 세월을 돌이켜 보면서 내일의 무지개꿈을 실현 시킬 기회로 삼아 인생의 노트에 한 폭 씩 옮기는 작업을 시도 했다. 웃음 짓고 즐거운 날들이 있는 반면, 뜻하지 않은 일로 놀라기도 하고 슬퍼도 했던 나의 반 평생. 그 시절의 추억들을 모아모아 한 폭의 병풍처럼 예쁘고 아름답게 채색된 한 편의 고운 작품으로 성화되는 순간. 그 희열을느끼며 하늘 끝 다하는날 '보람의 열매'를 간직하게 되고 남은 이들에게 영원히 기억되리라. 여기 그 작은 알갱이가 모여 '시' 라는 한 편의 그림이 되어 선보입니다. 화폭이 웅장하거나 화려하지않고 단순, 소박의 단촐한 작은 화원처럼 순수하게 보이기를 바라며…

목차

1. 하루를 시작하며
2. 하늘에게
3. 비 개인 날
4. 태풍
5. 만남
6. 어느 가을날에
7. 시월의 어느 날에
8. 그날이 그립다
9. 뗏목
10. 영원히 빛나는 그 길

🎵 **시낭송 QR 코드**

제 목 : 비 개인 날
시낭송 : 정연

하루를 시작하며

알람 소리에 깨어도
그대가 내 곁에 머물러 주어
너무나 행복합니다.

눈물겹도록 콩콩 뛰는 심장 소리에
또
그대가 그리워집니다.

하루를 살아가는 그대가 지칠까 봐
아름다운 나의 미소 보냅니다.
오늘 하루 그대를 행복으로 이끌 것입니다.

덤으로 행운도.

하늘에게

그를 처음 만났을 때
숫총각이라고 놀려 댔었지
시간은 벌써
이십년이란 세월이 흘러
그를 쉼없이 채찍하고 달구어
자연을 만끽하지도 못하게 내몰고 있다.

이제
안도의 한숨을 돌리려는 순간에
뜻하지 않은 병으로 시한부 인생이란
나락으로 떨어뜨린다.

아직 미완성인 일도
하고 싶은 것도 많은데
뜻을 펼쳐 보지도 못한 채
침대에서 지새는 그를 보니 하염없이
눈물만 쏟아낸다.

애써 미소 지으며 반기려 하지만
마음으로 말을 하고 있는 그를 보니
가슴이 아리다.

하늘이여,
고통이라도 없이 데려 가소서.
숨을 쉬는 이 순간,
살아 있음에 감사할 뿐이다.

비 개인 날

🎵 **시낭송 QR 코드**

제　목 : 비 개인 날
시낭송 : 정연

상큼한 공기
짹짹 참새소리 정겹게 들려오는
비 갠 날

날씨가 아무리 심술을 부려도
낙동강 변의 나락
산중턱 단감나무 열매는 맛깔나게 익어간다.

거리의 더러움 빗물에 씻겨
활기찬 표정으로 하루를 맞이하는 군상
오늘은
미소가 떠나지 않는 사람도
중천의 해님도 함빡 웃음 짓고 있다.

이런 날은
상쾌하고 좋은 일이 생길 것 같아
나의 좁은 가슴에 파란 희망을 품게 한다.

태풍

한참 동안 창밖을 바라보다
세찬 바람 몰려오는 구름 보고
온몸 굳어버린다.

하늘 높이 날아가던 새도
삶의 현장으로 가던 발걸음도
이 순간에 멈추게 한 태풍

아마
신은 더 큰 행복을 주려고
태풍이란 고통과 근심을 주는가보다

아무리 힘들어도
마음을 비우고 받아들이면
행복한 내일이 있지 않을까?

오늘의 이 시련
고운 편지지에 적어
가슴에 담아 먼 훗날 꺼내 보련다.

만남

어슴새벽
임을 향하는 골목길
어둠 밝힌
샛별하고
초승달과 총총 걸음

무더위는 어디 가고
색바람 불어 코끝이 싸늘하니
벌써 가을이 왔나 보다

오늘 만난 별과 달처럼
언제나
세상의 어두운 곳에
빛과 소금 되도록
나는
넉넉함을 모아 세상을 품으련다.

어느 가을날에

이마에 흐르는 땀방울 식히려
여울목에 발 담그니
발끝이 시려온다.

높은 하늘은
내 마음을 파랗게 물들이고
추억을 그리게 한다.

가을이란 쓸쓸함
수첩 속에
빛바랜 한 장의 사진이 된다.

시린 발 닦으며
지난 시간 훌훌 털어 내며
새 소망만 가슴에 담아 본다.

시월의 어느 날에

비릿한 물 내음
개구쟁이들
모래장난, 물놀이에
뜨거웠던 여름날이 아득히 멀게만 느껴진다.

송정해수욕장을 껴안은
산과 들은
어느 틈에 색동옷 곱게 차려입고
새털구름 유람선에 무임승차해 유유히 사라질 때
강태공 괭이잠에 낚싯줄만 환유하는 가을 날
바닷가 모래사장에 앉아
수평선 사이로 당신 얼굴 그려봅니다.

이 계절 가기 전에
당신과 함께,
아늑한 카페에서 커피 한 잔 앞에 놓고
못다한 사랑 이야기로 밤을 지새우고 싶습니다.

그날이 그립다

나비들의 날갯짓에 유채꽃 향기는
꽃바람 따라 북으로 가고
붉게 타는 봄 향기

백두대간에 가득하다.

불꽃 같은 심장에
한 가닥 심지를 태운
망향의 그리움은
산천에 흩어져 온몸을 흔들어 댄다.

봄바람 맞으며 다가선 통일전망대
북녘에서 내려온 냉기는
나의 가슴 가슴이 버겁다

철조망에 막혀 버린 천륜의 그리움
금강산이 비경이냐
백두산이 명산이냐,

화석처럼 굳어버린
두꺼운 장막을 걷어내고
한 핏줄 사랑하며 미소 지을 그날이
서럽도록 그립구나.

뗏목

백두산 서린 정기 그 품에 유영하니
한민족 통한 눈물 동해로 **뻗쳤어라**
그리움 감아쥐고서 남으로 혼길 낸다.

민둥산 터기 밑에 피 뿌려 심은 곡식
목마른 동토 설움 고랑에 한숨 눕던
무성한 옥수숫대 묵언 수행 영글었다

저 강물 비켜 가면 턱 넘어 비옥한 땅
먼발치 내가 서서 두만강에 향수 씻고
종다리 자유의 원천 천지에서 꿈을 꾼다.

영원히 빛나는 그 길

당신을 만나고파 한결같은 비단길
설레는 마음으로
총총걸음 새벽길 걸었습니다.

성실하고 인자하신 당신을 만나면
무엇부터 물어볼까
유리창에 한참 머물고 있지요

주어진 삶 속에서 은혜와 축복
풍성함을 주신 진실하신 분이지요
짧은 만남이었으나 참으로 편안했습니다.

오늘을 열어 역사하여 주시고
고난의 길 함께 하시며 심령에
영원처럼 피어 오르는 성화의 길입니다.

시인 안선희 편

안선희 시집
둥지에 머무는 햇살

목차

1. 대합실에서
2. 고목(古木)
3. 그리움
4. 오해
5. 못생긴 손
6. 어머니는 첫사랑이다
7. 정수기
8. 그대에게 가고 싶다
9. 벚꽃
10. 보일러를 켜다가

♪ 시낭송 QR 코드
제　목 : 어머니는 첫사랑이다
시낭송 : 박영애

시작노트

시를 쓰면서 일기처럼 담담히 쓴 글을 진심으로 공감한다 이야기하는 지인들을 종종 만난다. 소통을 위해 쓴 시가 아님에도 위로를 받거나 감동을 고백하여 준다. 교단에서 만난 학부모들도 처음엔 막연한 근심으로 아이를 보내지만 마주앉아 대화 끝에는 눈물을 흘리며 감사해한다. 시인으로서 독자의 가슴을 쓰다듬고 어루만져줄 글을 쓸 수 있다면 참 좋겠다.

대합실에서

어디론가 떠나려 하고 있다
영화 속 장면처럼 포옹하는
연인은 보이지 않는다
생의 한 교차점에서 만나
조금 무뚝뚝한 표정으로
탑승의 시간을 공유하는 사람들
살아온 인생은 다르겠지만
허공에 시선 부딪히며
같은 모양새로 앉아있다

길이 보이지 않아도
비행기 창공에서 제 길 가듯이
우리도 오래 헤매이지 않고
가야할 길 찾아낼 수 있다면!
길은 무한히 뻗어 있어
여러 갈래 길에서 어디로 향할지
걷다가 다음 교차점에서
누구를 만날지
도무지 알 수가 없다

이윽고 탑승구의 문 열리면
갇힌 공간 엮었던 끈
일순 끊어지고
저마다 총총히 사라진다
헤어질 때 고개를 주억거리는
사람은 보이지 않는다

고목(古木)

다리를 땅 속 깊이 내렸다
청초한 이슬 방울들이 대지에 스며
온종일 시달리고 지친
내 다리의 근심을 함께 했으나
태양빛에 기울고 바람결에 잠든
세상 모든 것들이
검은 휘장의 물결에 몸을 드리운
움츠린 고요 속에선
하늘만 쳐다보던 내 몸도
조용히 한숨을 토해냈다

나그네가 뽀오얀 먼지 속에 떠난 뒤
이상하게도
나의 잎들이 여행을 시작했다
헐벗고 메마른 내 가슴에
초동(初冬)의 발자국을 남긴 채
멀어져 갔다

그러나 나는 여전히
이 한 곳에 서 있다
땅 속 깊이 내린 내 다리는
방랑을 알지 못하는 까닭에

그리움

그리움에 가슴 저릿하다
오래된 그리움은 명백한 사랑이다
그래도 연락하지 않는다

인연일지 모른다는 희망으로
셀 수 없는 햇살,
잃을 것 같은 안절부절로
셀 수 없는 어둠

그대 안부 궁금한 날이면
눈을 들어 파아란 하늘을 본다
햇살에 피어나는 미소띤 그대 얼굴

오해

셰익스피어는 이만 사천 단어로
인간사를 적었지만
set의 의미만 사백 육십 가지

말로 뱉은 단어
목소리의 온도
네 눈빛 떨림까지
조합해서 따져 봐도

왜 그랬는지
아무리 생각해도 모르겠다
오늘 너는 내게 무슨 짓을 한 거니

못생긴 손

화장품 광고 여인들
조막만한 얼굴
그 얼굴 다 덮는
길다란 손 가졌다

어여쁜 손이
곱다란 얼굴 토닥토닥
삶은 바쁘지 않다며
베짱이 연주 들려준다

내 손은
푸른 핏줄 쿰틀어진
빼빼 마른 난장이 손
순한 인생 조롱하는
반항아처럼 생긴 손

하나님 공평하셔서
깊은 밤
고운 손들 잠들 적에
못생긴 내 손
시를 쓰게 하셨네

어머니는 첫사랑이다

🎵 **시낭송 QR 코드**

제 목 : 어머니는 첫사랑이다
시낭송 : 박영애

꼬물거리며 어머니 손가락 하나 쥐는
아기의 눈이 기쁨으로 빛난다
어머니 홀로 일어서면
방황하는 눈빛
입에 가득찬 울음

어머니는 모든 아가들의 첫사랑
자기 발가락 쪽쪽 빨아먹는
깨끗한 맘으로 순정을 바친다

말 없어도 천상의 하모니 연주하며
눈 마주침으로 깊어지는
아아, 어머니 사랑은
능히 이 아기의 미래도 구원하리라

정수기

새벽 마루 창가에서 무심코 바라보니
부엌 싱크대 위 정수기도 얌전하게 나를 본다
말없이 빨강과 초록불을 켜고,
가만히 귀기울이니 새근새근 숨을 몰아쉬고 있다
그랬구나,
너는 정수와 냉각수를 숨가쁘게 콜콜 채워놓고
이제 막 조용한 휴식을 시작하였구나,
위가 덜 여물어진 막내에게는 정수를,
열이 많은 큰애에게는 냉각수를 따라주고,
어제 종일토록 목마르다 짜다
우리 가족 뽑아대어 비어진 칸에
빨간불은 만수(滿水)의 표시
초록불은 정수를 잘했다는 착한아이 스티커,
너는 이 깊은 시각에도
자족(自足)하며 홀로 앉아 있었구나

그대에게 가고 싶다

가을 지나기 전
이별을 예감하면서
그대 만나고 오는 길
발끝이 무거웠다
허둥대며 연락 서두른
억척스러운 사랑

우리는
만나도 허전했고
대화 끝에도
그리웠다

결국 찾아온
이제는
침묵의 시간

그대에게 가고 싶지만
사랑의 뒷모습을
차마 볼 수가 없다

벚꽃

교정을 뒤덮은
눈부신 자태
발길 멈추고
한참을 쳐다보았네
우리가 함께 걸었던
윤중로에도
벚꽃이 만개하였다
당신은 이제 없고
외로이 서 있는
파아란 하늘가
불꽃 터뜨린
꽃망울 화려해서
눈물이 핑 돈다

보일러를 켜다가

사람은 먹기 위해 산다는 당신과
살기 위해 먹는다는 나는
오랜 시간 언쟁을 벌였습니다
당신은 나를 뜬구름 잡는 사람이라며 혀를 찼고
나는 당신의 불어난 술배를 보며 한숨지었습니다

추위가 빠르게 찾아온 시월의 어느 날
보일러를 켜다가
얼음땡하는 아이처럼 멈춰 섰습니다
내 몸을 전류처럼 타고 간 충일감
나로 인해 우리 아이들 포근히 잘 수 있다는 기쁨은
새벽마다 부지깽이 들고 보일러실 내려가던
당신 뒷모습과 오버랩 되었습니다

당신도 이 밤의 나와 같았겠지요
벽에 기대어 미소 짓는데
행복인지 슬픔인지 모를
사랑인 듯도 하고 이별인 듯도 한
눈물 줄기가 흘러내렸습니다

이 어둠을 등불로 밝히는 당신은
나와 아이들 손을 잡고 영원히 우리 곁에 있습니다

시인 안정순 편

시작노트

겨울 초입을 알리는 진눈깨비가 요란스럽게 휘몰아칩니다. 아쉬움을 뒤로한 채 멀어져간 나무 이파리 위에 하얀 눈이 다소곳이 다독이며 위로를 보냅니다. 너무 외로워 말라며 새봄이 올 때까지 하얀 눈이 옆에서 친구해 준다고… 모든 것을 다 내어주고 비워낸 나뭇잎 그 빈자리 하얀 눈이 대신합니다. 추운 겨울이 지날 동안 생명 다한 나무 이파리 하얀 눈의 보살핌으로 새봄을 기약하며 깊은 잠에 빠져듭니다. 행복의 단꿈을 꾸면서…

목차

1. 국화꽃
2. 인생의 계절
3. 어서 가자
4. 금강초롱 꽃
5. 그리움 되어
6. 벽시계
7. 동행
8. 쑥부쟁이
9. 지금은 순찰 중
10. 단짝

🎵 **시낭송 QR 코드**
제 목 : 그리움 되어
시낭송 : 박영애

국화꽃

긴 긴 세월
묵묵히
보일 듯 말 듯

뜨거운 열정
침묵으로
지나온 세월

늦은 가을 날
찬서리 맞으며
오직 그 날이 오기를

밤이 이슥토록
정갈하게 피어나는
보랏빛 향기

시들은 영혼에
푸른 향기가 되어
불을 지핀다.

인생의 계절

뉘엿뉘엿 해넘이
산마루에 걸치어
발길을 잡는 나목

얼굴을 내밀던
하얀 둥근 달
어쩔 줄 몰라
구름 뒤로 쏙

오롯이 푸르던
인생의 계절
가을로 치닫는데

작아지는 두 눈
짧아지는 두 다리
휘어지는 허리춤

갈 길은 구만리
속절없는 겨울
어서 오라 손짓을 한다.

어서 가자

색동저고리 분홍치마
곱게 차려입고
치맛자락 나풀나풀

산골 굽이굽이
손가락 걸며
사랑을 맹세하던 임

하룻밤 무서리에
화들짝 놀라
단걸음에 줄행랑

행복의 단꿈
꾸기도 전에
맹세는 간데없고

추스르지 못한
가을 자투리
채근하며 고삐를 당긴다.

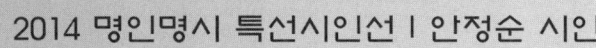

금강초롱 꽃

깊은 산 골짜기
발 길 닿지 않는
한적한 곳에

나무이파리 사이로
간간이 드리우는
영롱한 은빛 햇살

속세를 뒤로한 채
새들도 반겨주는
양지바른 산기슭에

가녀린 두 영혼이
청사초롱 불밝히고
둥지를 틀었구나

마주한 사랑
생이 끝나는 날까지
영원히 함께 하기를

고귀한 사랑 이야기
꽃초롱 주머니에
소중히 담아 보련다.

그리움 되어

♪ **시낭송 QR 코드**
제　목 : 그리움 되어
시낭송 : 박영애

나뭇가지에 달린
그리움의 조각들
시절을 다한 듯
한 잎 두 잎 떨어지고

바람에 나풀나풀
손짓하는 나뭇잎은
당신을 사모하는
애달픈 몸부림인 것을

그리워 가슴 애이며
하얀 밤 눈물지며
지새웠던 지난날들

닿을 듯 말 듯한 곳에
스치며 주고받는
무언의 안부뿐

쓸쓸한 바람 불 때면
흐릿해진 그리움 조각들
밀물처럼 밀려오네요.

벽시계

이른 새벽잠에서 깨어
창문으로 스미는 새벽 공기
잠자던 영혼은 깨우는 듯

재깍재깍 재깍재깍
귀를 방해하는
낯익은 소리

벽 귀퉁이 몇십 년
제 일만 묵묵히
결혼선물 벽시계

가끔 먼지나 쌓여야
쓰다듬는 무심한
추도 고장난 지 오래

그리 아파도 내색도 없이
시간은 딱딱 맞추니
널 내칠 수도 없고
어쩌면 너도 나를 닮았니

까맣게 잊고 살았던 널
나와 함께 늙어 가는 널
오랜 세월 동고동락한 널.

동행

어스름 저녁
가을 길목 서성이는
하얀 달빛 닮은 세월

반가움에
수줍은 낮달
살며시 얼굴을 내밀고

고갯마루 걸터앉아
발그레한 연지 볼에
사랑을 속삭이던

굽이굽이 지나온 길
가슴에 새겨 놓고
안갯속으로 사라지는
덧없는 세월

먼 여정
길벗 하자
동행을 청하네.

쑥부쟁이

봄 여름을 보내고
가을이 되었건만
그임은 소식이 없고

혹여 임이 오시려나
기다림으로 한세월
애간장만 녹아내리네

눈썹이 하얗게 세도록
무심한 해는
서산 너머로 기울고

연보랏빛 얼굴에
노란 눈물방울만
그렁그렁 가득히

속울음 토해 내는
쑥부쟁이 사랑
안쓰럽기 그지없어라.

지금은 순찰 중

온 대지를 삼킬 듯
작열하던 태양
어두운 밤 숨을 죽이고

뜨겁게 달궜던 대지
시원한 바람에
깊은숨을 들이쉰다

불타는 태양 아래
얼마나 그리웠던가
이 밤의 싱그러운 향기

야간 순찰하던 고양이
머리엔 빨간 모자
허리에는 야광 봉

귀는 쫑긋 살금살금
포복 걸음 중
쉿! 조용하라며

단짝

그 옛날
검정 고무신 신고
고개 넘어 학교 가던 길

밤이 새도록
아침이 오기를 기다리며
가녀린 허리춤
새 찬 바람에 꺾일세라
고쳐 새우고

반가움에 어쩔 줄 몰라
하얀 미소로 안아주던
나를 닮은 구절초

무엇이 그리 좋은지
입가엔 싱글벙글
어느새 단짝이 돼버린

머리엔 서리 내리고
강산이 변한 지 몇 번
우리의 우정은 변함이 없구나.

시인 염규식 편

목차

1. 시가 있어 행복합니다
2. 사모곡
3. 새벽에
4. 시혼(詩魂)을 찾아서
5. 추억
6. 백색의 향기
7. 소망을 찾아서
8. 아쉬움
9. 낙조의 울음
10. 잔상

시낭송 QR 코드

제　목 : 시혼을 찾아서
시낭송 : 박영애

시작노트

남몰래 심었던 희망의 씨앗들이
이제 싹을 틔우려나 봅니다. 연초
록의 싹이 진초록이 되기까지 감
내해야할 과정들이 조금은 두렵습
니다. 그리고 부끄럽고 수줍습니
다. 바쁜 생업에 종사하다보니 늦
깎이 문인의 길로 들어왔습니다.
느림의 미덕을 또한 모르지 않는
터라 감히 큰 수확에 마음 두지
않으렵니다. 차가운 겨울과 뜨거
운 태양에 맞서 묵묵히 맞설 수
있는 정직함으로
걸어가겠습니다. 먼 길을 돌아서
여기까지 왔습니다. 기쁠 때는 기
쁨을, 아플 때는 아픔을, 외로울
때는 외로움을 벗하며 글을 쓰겠
습니다.

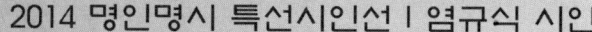
시가 있어 행복합니다

그대가 있어 행복합니다.
내 삶이 고달프고 버거울 때
나의 마음이 흔들릴 때
늘 그대가 있어 힘을 냅니다.

그대에게 의지합니다.
외로울 때
그대를 찾을 때
속 깊은 내면으로
나를 반기는
그대가 있어 행복합니다.

그대가 있어서
가두어 놓은 깊은 마음
그대에게 펼쳐 보입니다.
그대가 있어 내일도 행복합니다.

사모곡

당신이 앞에 계시지 않아도
늘 그리움에 먼 하늘을 봅니다.
홀로 가슴으로 그리움을 마십니다.

엄마!
당신의 손 냄새
엄마의 냄새,
당신의 포근한 가슴이
무척이나 그리운 오늘입니다.

불효자식 고생시키지 않으려고
그리 쉽게 가셨나요?
당신을 향한 사랑
그리움을 담아 작은 꽃송이
카네이션이 아닌
당신께서 좋아하는 노란 개나리 올립니다.

엄마……. 엄마……. 그리운 엄마
당신을 웃기려고
오십 넘은 불효자식
말라버린 당신의 찌찌 만지며
가슴으로 울던 자식 왔다 갑니다.

새벽에

새벽 미명 총총
급히 내빼듯이 걷는 걸음
나의 뇌리를 휘감는 상념

가슴에 작은 새싹 하나 담고서
밤이면 오색의 네온으로 갈아입고
내 영혼을 유혹한다.

가슴엔 뭉게구름,
마음의 작은 불씨 안고서
작은 새싹을 포근히 감싼다.

가슴 한 켠 숨죽이며 머무는 작은 기억도
새벽의 싱그러움에 반해버리는
시도 없이 찾아오는……
새벽의 목마른 입술입니다.

시혼(詩魂)을 찾아서

♪ **시낭송 QR 코드**

제　목 : 시혼을 찾아서
시낭송 : 박영애

아름다움과 두려움이 다가온다.
두렵다. 많이……,
너에게 다가가는 것

불러서 손짓하면
내 귀와 가슴은 벼락을 맞는다.
나의 머리가 아닌 가슴을 뽀갠다.
타성에 젖은 내 영혼을 갈라놓는다.

나는 나체로 변하고
얼크러진 실타래처럼 뇌를 홀쳐맨다.
뛰다가 멈춰버린 염통

헉헉거리며 다가갈 때
주접떠는 내모습의 초라함
이제 떠나려는가.
시혼(詩魂)을 찾아서…….

추억

얼룩진 필름
열정은 자꾸 방망이질하고

뛰는 가슴 자꾸 쟁기기만 하니
화병인가…….

가슴 아린 구름조각만 떼어 펼친다.
한 아름 맞추어 던져보니 노을 일세

그리움에
때 아닌 빗물이 노을을 겹친다.

하얀 백지위에 다시…….
또다시 그리고 싶다

백색의 향기

인고의 세월
묻어버린 아픔의 결정
아픔의 고운향기 그렇게도 아팠던가.

송이송이 뭉친 사연 곱게도 내려놓고
그 향기 만인에게 사랑으로 돌려주니
알알이 고인사연 향기만 남았구나.

연약한 가지……. 토해낸 한숨.
맺힌 슬픔 참지 못해 가시로 변했는가.
아파도 말라 슬퍼도 말라

백색의 고운향기 내게 와서
바람과 동무되어
가신임 귓가에 안개 되어 속삭이리.
아파서 가시 되니 아카시아 향기로다.

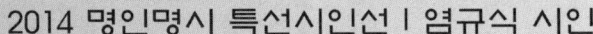

소망을 찾아서

먼 여행의 길을 떠나왔습니다.
어떤 길을 갈지 몰라 헤매기도
길 가다 보니 해맑게 웃는 소녀의 모습,
담소하는 장사꾼 덤을 달라고 조르는 아낙네.

살아있는 많은 인생을 보면서,
나의 인생의 영혼은 살아 있는가.
살아 있는 것 같아도 죽어 있는가.

그 생명을 찾아서
지나온 여정이다, 그냥 살 수가 없다
나의 영혼 속에 생명을 넣어야한다.
그 영혼의 생명을 찾기 위해 삶의 길을 달린다.

과연 이 세상 속에
어디에서 내영혼의 생명을 찾으리.

아쉬움

시리도록 높고 푸른 하늘.
쳐다보고 또 본다.

푸른 개울 발 담그고
울고 또 울면
가슴에 멍도 씻길 텐가

빈 공간 푸른 하늘
꽉 차있음에

가슴의 빈 공간은
어이 이리 시린고.

낙조의 울음

먼 산 아래 고운 노을
홍안을 자랑하고

쌓이는 낙엽
그리움의 포옹

낙조의 고운 빛
그리움의 퍼즐인가

만산홍엽 물든 산하
떨어지는 잎사귀

그리고……,
쌓이는 그리움

노을과 함께 우는
새 생명의 고운 색채.

그리움이 방울지어
고운 빛 흐려지면

가는 가을 붙잡으면
노을도 올 것인가

잔상

늦은 밤 그리움
다가오는 적막감 새로운 것이 아니거늘
닫힌 마음 열어놓고 나를 깨운다.

아팠고 또 아팠던 그리움의 잔상.
흔들리고 따가운 속살을 여미고
세상 우습다보고 그냥 떠나고 싶은 충동

인생 여정 말라버린 감정 쪼가리마저도
작은 구속의 일부
밤은 밤이되 환한 밤인 것을

지쳐버린 영혼의 잔상에
굶주린 가슴의 꿈틀거리는 열정.
열린 가슴 또 열어본다.
그리고 긴 호흡에 멀어지는 잔상

목차

1. 가을엔 사랑하게 하소서
2. 봄날에
3. 가을이 아프다
4. 여름날의 단상
5. 너의 향기
6. 폭염 속에서
7. 설경
8. 양귀비 꽃
9. 오월의 장미
10. 이별 앞에서

시인 이유리 편

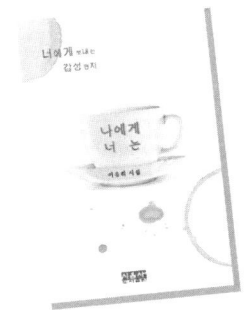

이유리 시집
나에게 너는

시작노트

때로는 전율로, 감동으로
내 안의 모든 감성이 눈을 떠
굳이
말하지 않아도 들릴 수 있는
뜨거운 열정으로 사랑하게 하소서

그저
가을앓이로 만취해 비틀거릴지라도
돌아올 수 없는
돌아갈 수 없는
시간들이 안타까움이 될지라도

– 가을엔 사랑하게 하소서 – 중에서

♪ 시낭송 QR 코드
제　목 : 가을엔 사랑하게 하소서
시낭송 : 정연

가을엔 사랑하게 하소서

🎵 **시낭송 QR 코드**
제 목 : 가을엔 사랑하게 하소서
시낭송 : 정연

울긋불긋 터지는 가을날의 정사
여름내 무르익은 사랑이
알알이 익어가는 계절

가을엔 사랑하게 하소서

때로는 전율로, 감동으로
내 안의 모든 감성이 눈을 떠
굳이
말하지 않아도 들릴 수 있는
뜨거운 열정으로
사랑하게 하소서

그저
가을 앓이로 만취해 비틀거릴지라도
돌아올 수 없는
돌아갈 수 없는
시간들이 안타까움이 될지라도

가을엔 사랑하게 하소서

봄날에

저 바람
저 만개한 꽃들이
커다란 설렘으로
마음에 일렁인다

기쁨으로 안겨오는 햇살
그리움처럼 높아만 가는 하늘
시시때때로 일어서던 싱싱한 미소

아! 이처럼 눈물겨울 줄 몰랐다

결별을 꿈꾸지 않아도
때가 되면 꽃이 지듯
아름다운 봄날도
저물어 갈텐데
지고 말텐데

가을이 아프다

짙게 발하는 가을빛에
귀가 열리고 눈이 채색되고
그리움이 무럭무럭 자라고

뼈아픈 성찰도
무모한 열정도
살며시 내려놓게 되는데

왜일까
가을 향연이 아픔이다
가슴 저리도록 나를 아프게 한다

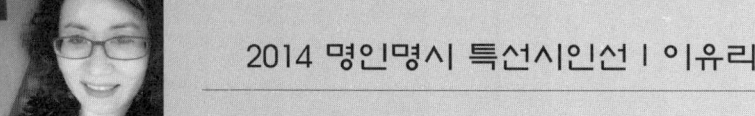

여름날의 단상

풍경마다
애틋함이고 그리움이다
바람과 햇빛과의 동행이
이처럼 무르익는
아릿한 그리움을 만들었으리

열렬히 부서지는 푸르름은
살아 꿈틀대는
싱그러운 떨림들, 설렘들,
눈부신 찬란함들

그 속에 숨어있는 비애는
내가 떠나보낸,
나를 버린 시간들이다

시린 것은 더욱 시리게
푸른 것은 더욱 푸르게
계절 속에 묻혀 지는 애잔한 기억들

너의 향기

오롯이
사랑의 언어로
어여쁜 너의 이름 부르네

잠자는 바람과
태양의 몸부림에도
그리움으로 다가오는 네 향기

칠월의 녹음은
작은 소망으로
푸르게 푸르게 빛나리

오롯이 너로 인하여

폭염 속에서

태양의 예고 없는
무차별적 채찍이다

세포들은 이완되고
나를 내려놓아야 하는 시간

아무도 원한 적 없다
시작도 멈춤도 일방적인 것

자폐증 환자 되어
마른 침만 삼킨다
흐느적 거린다

격한 바람은
열기 뒤로 숨어 버리고

태양의 오만불손 도도함은
차라리 여름날의 광란이다

설경

가지마다 가지마다
꽃이 피었네
그리움이 쏟아졌네
오직 그대 향한 순백의 사랑

사랑이 깊어
그리움이 깊어
저 꽃,
눈물되어 흐르는 날엔

사랑은
가지마다 가지마다
바람으로 잉태되리

양귀비 꽃

그대 사랑함이어라
불타는 정열, 깊은 고뇌
그것은 삼일간의 사랑
그 뜨거움에 데여도 좋을

고뇌하지 않고는
어찌
산다는 일이
이처럼 설레임이고
멋진 일임을 알수 있겠는가

그대 사랑함이어라
행여
그리움에 뚝뚝 흘린
붉은 눈물이라 해도
그대 있어 행복했다 말할 수 있으리니

오월의 장미

그대
어쩌자고 그리도 눈물겹게 피었는가
아프지 않을 만큼만 그리 필 것을

아픔도 없이
어찌 누군가를 사모할 수 있을까 마는
환한 미소하나 간직할 수 있을까 마는

그대
아주 조금만 흔들리고
아주 조금만 아파하게 하소서

이별 앞에서

손 흔들던 모습
쓸쓸히 꼬리를 감추면
가슴에선 슬픔이 비웃으며 칼춤을 춘다

보도블럭 벌떡 일어나
머리를 후리면
아찔함에 휘청이는 걸음, 걸음

아! 무얼까
복받쳐 오르는 이 감정의 굴곡
무참히 무너져 내리는 자아

흔들린다
보이지 않는다
뿌연 눈앞에
아픔이 붉은 눈물 되어 뚝뚝 떨어지면
마음은 갈 곳 몰라 엉엉 울고만 서 있다

시인 이은성 편

목차

1. 그녀와 지팡이
2. 궁금증
3. 용문사를 돌아들며
4. 어느 죽음 앞에서
5. 그대와 마주 앉은 자리
6. 그래도 우리는 살아간다
7. 영원의 시간
8. 이 흐르는 눈물을 어찌할 꺼나
9. 떠나간 사람

이은성 시집
종이 위의 발자욱

시작노트

또 한해의 겨울이 찾아 오고, 길가의 가로수도 겨울을 맞이하고 있는 요즈음, 종이 위의 발자욱은 어딘가를 향해 나아가고 있습니다. 부끄러운 몇개의 발자욱을 여기에 남겨두어 여러분과 함께 하려고 합니다. 천천히, 천천히 그리고 부지런히 걸음을 옮기어 또 다른 발자욱을 보여 드릴 수 있기를 바라며….

🎵 **시낭송 QR 코드**
제 목 : 그녀와 지팡이
시낭송 : 정연

그녀와 지팡이

그녀의 흰머리가 흔들린다.
뼈만 앙상한 손에는 무거워 보이는 지팡이가 들려 있다.
그녀의 머리가 좌우로 흔들린다.
가느다란 목에 감겨있는 스카프가 바람에 춤을 춘다.

누군가를 찾는 듯 두리번거린다.
아니, 간판을 열심히 쳐다보며 걸음을 재촉 한다.

드디어 어느 집 문을 열고 들어선다.
고개를 들어 보니 간판엔 XX부동산이라고 적혀 있다.
살며시 들여다보니 안에는 그녀까지 네 사람이 있다.
서로 인사를 나누고 있다.

그녀는 주인인 듯한 여자와 열심히 이야기를 나누고 있다.
그런데 어디서 남자가 나타났다.

큰 소리가 밖으로 새어 나온다
앙상한 그녀의 눈이 동그랗게 되었다.
놀랬나보다.

"다시는 오지 마세요!"
얼핏 그렇게 들은듯 하다.
그녀가 가는 목을 감싼 스카프와 함께 옷매무새를 가다듬는다.

무엇을 얼마나 잘못 했기에
저렇게 수모를 당하고 있는 것일까?

그녀가 나왔다.
하얀 얼굴로 황망히 걸음을 옮긴다.
그 뒤를 쫓아갔다.

그녀는 잠시 걸음을 멈췄다.
그리고 지팡이를 벽에 기대어 놓는다.
볼일이 있는 것일까?

잠시, 고개를 들어 하늘을 쳐다보던 그녀가
허허로이 그 자리를 떠났다.
그녀가 떠난 자리엔 그녀의 지팡이가 외롭게 바람을 맞고 서 있다.

궁금증

풀~떡! 풀~떡!
그가 걸어간다.

고개를 떨구고
두 팔은 힘없이 늘어진 채,
무슨 생각을 하고 있을까?

풀~떡! 풀~떡!
힘없이 그가 걸어간다.

등을 구부린 채
느릿느릿한 발걸음으로,
좁은 길을 따라 어디로 가는 걸까?

궁금증을 마음에 남겨둔 채
걸음을 멈추고,
그 사람의 뒷모습에 작별을 고한다.

용문사를 돌아들며

한없이 큰 그대의 품안에서
짐 내려놓고 쉼을 얻습니다.

숨을 고르고,
그대를 바라보며
위안을 얻습니다.

숨을 들이 마시며
일 배,
숨을 내쉬며
일 배

그대의 구원을 구하며
억겁을 쌓아 가는 시간,
향기가 온 몸을 감싸고 돕니다.

편안함을 느끼며,
그대에게 헤어짐의
눈인사를 합니다.
다음의 만남을 약속하며

어느 죽음 앞에서

아~ 아~ 무심도 하여라…
삶의 무게가 그리도 무거웠는지

많지 않은 세월 내려놓고
그는 말없이 가버렸네

고독에, 외로움에 지쳐
그는 홀로 가버렸네

흔적하나 남기지 않고,
추억을 쌓을 시간도 없이

홀연히 그는
우리의 곁에서 사라져 버렸네

그대와 마주 앉은 자리

그대와 나의 어렸을 적
세월의 흔적을 더듬다 보면

콧등을 간지럽히는 향긋한 냄새
국화의 향기인가
향긋한 차(茶)의 향-인가

세월이 흘러
다시금 그대와 마주앉은 자리
은은한 선율이 흐르고,
과거를 풀어내며 사랑을 확인 하노라.

헤어짐의 시간을 뛰어넘어
흡사 엊그제 헤어진 듯
반가움의 미소가 번지고,
가을은 흔적(痕跡)을 남긴 채 저만치 가고 있구나

그래도 우리는 살아간다

또 하나의 생명이 꺼졌다.

삶의 무게가 너무 무거워
삶을 내려놓았다.

그 마음이 안타까워 고개를 숙였다.

많은 추억을 공유하지 않았으나
그를 위해 기도한다.

잠시 후,
떨리는 손으로 밥을 먹는다.

먹먹한 가슴으로,
내일을 살아나가기 위해 밥과 마주한다.

맛도 모르면서,
그저 비워진 위장을 채운다.

영원의 시간

흐린 하늘에서 빗방울이 내리고 있습니다.
혹시 그대가 올까 하는 마음에 창 밖을 바라다 봅니다.

그대도 나와 같은 마음이었을까요?
우산 밑으로 낯익은 레인코트가 보입니다.

계단을 달려 내려가
비를 맞으며 그대 앞에 섰습니다.
이것이 꿈은 아닐까 하는 마음에
눈을 비벼 봅니다.

그대의 우수에 찬 눈이
나를 바라다 보고 있습니다.

우산은 빗속에 뒹굴고,
우리 두 사람은 손을 마주 잡았습니다
시간이 영원히 멈추어 버렸으면 좋겠습니다.

이 흐르는 눈물을 어찌할 꺼나

이 흐르는 눈물을 어찌할 꺼나…

아프다고 찡그리던 얼굴
마지막이 되어버렸네

청계천에서 무명 가수의 노래 장단에 맞춰
빙글빙글 춤추던 얼굴이 떠오른다.

잠실 운동장에서 선배님과 함께
목이 쉬어라 응원하던 얼굴이 떠오른다.

동총문 운동회에서 신나게 뛰던
네 얼굴이 떠오른다.

사랑하던 가족들과
우정을 나누던 친구들에게
어찌그리 쉽게 작별을 할 수 있었나 이사람아

친구들은 너를 보낼 준비가 안되어 있었는데
어찌 그리 허망하게 갈수가 있는가

친구여… 친구여…

떠나간 사람

언듯 지나치듯이 본 글씨
그 속엔 그대가 있었습니다.

마음속에서 그리움이 솟아납니다.
추억속의 당신 얼굴이 떠오릅니다.

곁에 있는 것 같은 착각에
그대를 불러봅니다.

사랑하는 그대여
당신은 지금 무엇을 하고 있는지

나의 마음에 사랑을 심어놓고
떠나간 사람은 소식도 없는데

나는 아직도 그대를 잊지 못해
이렇게 흔들리고 있습니다.

목차

1. 소나무
2. 채송화
3. 이 계절 가기전에
4. 언제쯤 들리려나
5. 아홉마디 구절초
6. 새벽 아침을 열고
7. 봉숭아
8. 느낄 수 있음에 감사하다
9. 내면을 깨우리라

시인 임세훈 편

🎵 **시낭송 QR 코드**
제 목 : 느낄수 있음에 감사하다
시낭송 : 노금선

시작노트

지천명 넘어 이순이 되는 나이에 글을 쓰기 시작했습니다. 책 읽기를 좋아했지만 글을 쓴다는 일은 엄두도 내지를 못했습니다. 나 혼자만의 행복은 불행보다 더 외롭다는 것을 실감했기에 불행한 이웃의 아픔과 절망에 조금이나마 보탬이 되는 글을 쓰려고 노력해 봅니다. 나 자신을 정화시키려 노력하면서 세속의 번잡한 욕심에 마음을 빼앗기지 말자고 다짐하며 탈속한 삶 속의 나를 이루어 가고자 글을 쓰고 있습니다. 제가 쓴 시가 특선시인선에 게재된다는 것이 부끄럽고 졸작이지만 생활에 지친 이들에게 작은 위안이나 한 줄기 빛을 줄 수만 있다면 하는 소망입니다.

소나무

한 아름 거목이 머리 자락 드리웠네
망울진 모난 세월 겹겹이 박혔구나

산중인 오천 년을 핏빛 어림 삭히면서
겉 씌운 철갑 옷에 새로이 움튼 솔잎

뭉게구름 거머쥐고 하늘 끝 오르려나
내 쉬는 거친 숨결 메아리 쳐 울려댄다.

모질게 이어온 삶 마음 자락 보듬으며
피 몽진 바늘 잎들 비명을 흩뿌리니

솔방울 틈새 마다 고운 꿈 영글어 내곤
힘든이 쉬어 가라 아픈 마음 다독이네.

채송화

장독대 가지런한 뜨락
척박한 바위 틈새
채송화 둥지를 틀었다

수없이 물돌기 달아매곤
나즈막히 내려앉아
지렁이 꿈틀거리듯

가련히 기던 앉은뱅이
갓 깨어난 아가의 입술처럼
방실대듯 꽃입을 열었다

진종일 햇살 품어 풍구질하며
해질녘
어깨를 걸더니 납작 엎드린 채

얼굴 비비듯 뽀얗게 피어올라
살며시 가슴 여밀어
숨결 소리만 쌔근하다

이 계절 가기전에

우리, 가을여행 떠날까요
이 가을 가버리면
오늘의 모습 영영 못 볼까봐
우리만의 추억 하나 만들어봐요

낙엽이 하나 둘 떨어지는
파란 하늘 길잡이 안내 삼아
어디엔가 있을 미지의 세계 찾아
그냥, 훌훌 걸어 볼까요

저 새들 날개짓하며 이야기 하네요
오솔길 꼬불꼬불 거닐다 보면
오색단풍 노래하고 들꽃들 소곤거리는
아늑한 숲의 마을 기다린다고

이 가을 가버리고 이때쯤 다시 오지만
오늘과 내일은 다르잖아요
그러니, 우리 팔짱 끼고 속삭이며
남몰래 둘만의 시간을 가져볼까요

저 햇살 따스하게 웃어주니까
오늘만은 질펀스런 세상 벗어나
둘만의 고운 추억 영원하도록
우리, 처음 만난 그날 더듬어봐요

언제쯤 들리려나

지쳐간다 쉼팡이 없다
어디 한 군데 성한데가 없다
내 머릿속도 내 영혼도
꽉막힌 숨소리, 호흡도 쉽지 않다
가슴 뻥 뚫리게 수술이라도 받고 싶다

그렇게 한없이 지쳐만 간다
온천지 삭막벨트로 자물쇠 조인 듯
눈 부릅뜨고 중무장하고 있다
간간히 음표 소리 들리어 오건만
나의 노래가 아니다

맑은 울림이 언젠가부터 들리지 않는다
성냥갑 틈새로 둔탁한 소음 쩌렁거리고
숨 막힌 흙먼지 퍽퍽히 풍겨댈 뿐
달콤새콤 향기품어 촉촉히 적셔주는
그런 노래, 설움을 씻겨줄 울림이 없다

고달픈 영혼 잠시 쉬어 가고파
목마른 마음 열어 놓았건만
귓구멍에도 눈동자에도
온통, 잡초들만 무성히 자란다
잡초 뽑아줄 노래소리 언제쯤 들릴까

시계추 째깍 가고 오매불망 기다리지만
듣는 둥 마는 둥 세월아 네월아 한다
그저 하늘만 묵묵히 눈물 뚝뚝 떨구며
안타까운 눈길 측은하다

아홉마디 구절초

눈길 닿는 산기슭 오솔길
다람쥐같이 폴짝폴짝 뛰놀며
뜀박질하듯 떼지어 다녔던
티 없이 밝은 코흘리개 동무들아

땅거미 지는 것도 모른 체
맵고도 짙은 구절초 향기따라
초롱초롱 눈매로 말마디 영글며
얼싸안고 뒹글던 꼬맹이 소년, 소녀야

길 가장자리 흐드러지게 피어
바람결에 몸 흔들던 구절초처럼
우린, 한 송이 꽃이었고
한 포기 몸짓이었던 게지

꿀벌같이 윙윙대며
꽃 한 송이 머리에 심어주고
꽃 두 송이 옷섶에 꽂아주던
어깨동무 벗 삼았던 옛 친구야

어릴 적 그 모습이
구절초 향수되어 풍기는구나.

새벽 아침을 열고

스스로 새벽 아침을 열겠다
모든 것 이룰 수 있다는 심(心)으로
멈춰진 동(同)을 넘어서고 싶다

나뭇가지 모양 와자작 꺾어져도
흙탕물에 범벅되어 얼룩이 져도
돌이키려 멈추고 싶지 않다

그저 겪어야 할 고난으로 새기련다
장미 가시에 찔려보지 않은 이는
장미꽃을 안다고 논하지 마라

두뇌가 닫히고 가슴이 막혀도
수렁에 미끄러져 허우적 거려도
새벽 열고 오후 잡아 저녁 품겠다

들려오는 목소리 빈곤하거나
그들의 곧은 언(言) 새겨듣지 않아도
내 뱉는 굽은 언(言) 귀청을 더럽혀도

오직, 아침을 넘어 오후로 달리고
오후를 넘어 저녁을 향해 날겠다
그리하여 또 다른 새벽을 만들어 내겠다.

봉숭아

누구를 기다리니
처량한 봉숭아야
무슨 사연 그리 많아
떠나지를 못하는가

죽어서도 태어나
아롱다롱 피어올라
분홍 입술 촉촉한
수줍은 색시같이

새악시 하얀 손톱
연붉게 물들일 적
처마밑 밝혀주는
꽃등불이 되고 싶어

비내리는 날이면
더욱 더 타오르는
네 얼굴 아름다워
한아름 따다가
우리 누나 손등에
녹아들고 싶어라.

느낄 수 있음에 감사하다

🎵 시낭송 QR 코드
제　목 : 느낄수 있음에 감사하다
시낭송 : 노금선

일상의 탁류(濁流)에 몸을 맡긴 채
흐르는 삶은 보람된 삶이 아니다

나의 서재는 보잘 것 없을지라도
살아있는 목소리가 들리지 않을지언정
삶의 외침소리와 속삭임은 흐르리라

생(生)들의 목소리와 영혼들의 울림으로
이야기 나누면서 교감(交感) 주고 받으며

술에 취한 듯 어울려 밀애를 나눠볼까
그들의 가르침 없이는 마음도 열 수 없으니
생각을 이어가거나 행할 수 있도록

영혼들의 빛으로 생(生)을 피워내어
꽃을 거름삼아 비옥한 알림을 펼치리라

불을 밝히고 숨결을 공존(共存)하며
오늘도 나의 생(生) 느낄 수 있음을
더없는 기쁨으로 감사하며 사노라

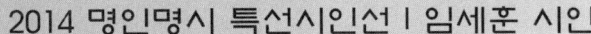

내면을 깨우리라

껴입은 허물을 홀딱 벗어
빛을 일궈내어
등불을 피우고
어둠속을 비추는
고독한 야경꾼이 되리라

거울 조각에 매달리어
앞만 살피고 뒤는 외면하면서
할 일을 찾지 못하고
할 일마저 잃어 버리어
허탈 속에 갇혀 버리지 않으리라

시간이란 틀에 살고 있으나
알맹이 없는 삶에 찌들어도
끊임없이 산소를 들이마시며
숨어있는 광맥을 찾아서
그윽한 꽃향기 피워내고

때로는 울어보고 웃어보면서
마음속 깊은 곳 삽질을 하여
잠자는 내면을 일으켜 깨우리라.

시인 임숙희 편

목차

1. 떨어지는 낙엽
2. 따뜻한 커피 한 잔
3. 나팔꽃 사랑
4. 가을이 오는구나
5. 행복한 바보
6. 이름 모를 꽃
7. 보고 싶은 당신
8. 중년의 꽃은 향기로 말한다
9. 그리운 그대는
10. 분홍 손거울

♪ 시낭송 QR 코드
제　목 : 따뜻한 커피 한 잔
시낭송 : 설연화

시작노트

세월이 흘러도 순수한 사랑으로, 가슴에 남겨진 처음 사랑, 처음 사랑은 풋풋한 설렘, 처음 사랑은 달콤하고 쌉싸름한 가슴앓이, 살며시 내보인 마음 부끄러워 노을은 붉게 타올라 어둠에 잠들고 달 아오르는 열정과 두려움으로 까만 밤 하얗게 지새웁니다. 흐르는 세월에 불현듯 바람에 실려오는 처음 사랑 그 느낌처럼 당신이 어느 날 누군가가 필요할 때면 당신 가슴에 초롱초롱 빛나는 별이 되어 당신 곁에 부드러움으로 머물고 싶습니다.

떨어지는 낙엽

가을 햇살이
한 줌 뿌려놓은 금빛가루
바람이 물어다
선홍빛으로 물들였나

가을의 끝자락에 매달려
붉게 타오르는 열병을 앓다
메말라 버린 가슴
허공을 맴돌며
세월에 밀려 떨어지네

뜨거운 뙤약볕 아래
초록향기 가지마다 걸어놓고
아낌없는 마음으로
뭇사람의 쉼이 되어준 너는

온몸 불살라
그리움 한 조각 남기고
가을과 이별을 하고 있구나!

따뜻한 커피 한 잔

🎵 **시낭송 QR 코드**

제　목 : **따뜻한 커피 한 잔**
시낭송 : **설연화**

마음 열어놓고
이런저런 사는 이야기 나누고 싶은
사람이 그리워지는 날이 있습니다

연락 없이 찾아가도
환한 얼굴로 반겨주는
사람이 그리워지는 날이 있습니다

향기로운 커피 향 가득 담고
흘러나오는 음악을
말없이 함께 듣고 있어도 좋을
사람이 그리워지는 날이 있습니다

괜스레
가슴을 파고드는 쓸쓸한 마음
따뜻한 커피 한 잔 나눌 사람이 그리워
전화기를 만지작거려보아도
그 누구에게도
머물지 않는 마음

손끝을 타고 가슴으로 퍼지는
따뜻한 커피 한 잔에
공허한 마음 살포시 놓아봅니다.

나팔꽃 사랑

보랏빛 꽃잎
하얀 속살
햇살 내리면 활짝 피었다
부끄러워
살며시 지고 마는 나팔꽃

애틋한 사랑
꽃잎에 머금고
여린 줄기 울타리 휘감고
그리움의 임에게로 향하는
끝없는 마음

못다 한 사랑
나팔꽃 넝쿨에 묻어두고
보는 이들의 가슴에
기쁨으로 피어오르는 나팔꽃.

가을이 오는구나

눈부신 이른 아침
살갗에 닿는 살랑이는 바람
아! 가을이 오는구나

여름이야기
몽실몽실 구름에 싣고
높아지는 파란 가을 하늘
맑게 빛나는 눈동자
설레는 마음

청아한 귀뚜라미 노랫소리
가을을 부르고
온 누리는 소리 없이
가을에 물들고 있구나

행복한 바보

해맑게 웃는 그대 눈망울에
머릿속은 하얀 도화지

그 무엇으로도 대신할 수 없는
나의 꿈. 나의 사랑
그대를 사랑하는 마음
하얀 도화지에 그리리

생각만으로도
빙그레 웃음 머금게 하는 그대
행복으로 부풀어 오르는 내 마음

그대 표정 하나에
그대 작은 몸짓 하나에
내 마음은 흐렸다, 맑았다
난 세상에서 가장 행복한 바보

이름 모를 꽃

돌 틈 사이로 보일 듯 말듯
북풍한설(北風寒雪) 견디고
하얗게 피어나는 이름 모를 꽃

무심히 지나치는 발길에
마음 아파했을 이름 모를 꽃

어쩌다 스치는 눈길에
하얀 꽃잎 설렘으로
붉어졌을 이름 모를 꽃

봄바람이 살랑살랑 불어오면
곱게 단장하고 수줍은 미소로
보아달라 손짓하네

작고 가녀린 몸으로
찬이슬 머금고
봄 향기 따라 찾아오실
임을 기다리네

보고 싶은 당신

당신이 보고 싶어
한참을 두리번거렸어요
어디에 계시는지…

바람 소리에
행여 당신의 숨소리
바람에 띄어 보낼까
숨죽이며 귀 기울여요

눈을 감으면
사랑스러운 속삭임으로
포근히 감싸오는 당신

내 마음에 고이 간직한 당신
보고 싶어요

중년의 꽃은 향기로 말한다

푸른 꿈은
흐르는 세월에 빛을 잃어도
마음은
늘 푸른 그 시절에 머물러
중년의 꽃을 피우고 있습니다

중년의 꽃은
모진 풍파 견디며
우뚝 서 있는 나무처럼
삶의 깊은 곳에서
은은한 중년의 향기가 묻어나는
고귀한 향기로 말합니다

중년의 꽃은
고단한 삶의 여정을 가야 하는
고달픔의 향기도 있습니다

중년의 꽃향기는
겉으로 풍기는 향기가
전부는 아닐 테지요

욕심으로 만들어진 화려한 꽃은
사람의 눈을 잠시 현혹할 뿐
진정한 중년의 향기는 아닐 겁니다

따뜻한 가슴으로 세상을 품으면
행복의 미소가 번지는
중년의 향기로 말하겠지요

그리운 그대는

그리운 그대 생각에
잠 못 이루고 뒤척이다

그리움에 지쳐
녹초가 되어버린
어둠이 내리는 밤을
그대는 알고 계실까요

그대가 못 견디게
그리워지는 날이 오면

두근거리는 가슴 안고
그대와 거닐던 그 길을
홀로 걷는 이 마음을
그대는 아실까요

까만 밤 그리움으로 물들이고
보고 싶은 이내 마음
그대를 애달프게 부르는데
그대는 들리시나요

그대를 향한 그리움은
멈출 줄 모르고
살며시 감겨오는 바람 되어
가슴속에 촉촉이 젖어듭니다

분홍 손거울

언제부터인가
슬픔이 자꾸자꾸 꿈틀대면
사랑으로 꾹꾹 눌러도
가시처럼 돋아날 때면
분홍 손거울을 살며시 꺼내봅니다

사는 게 다 그런 거라며
힘겨운 마음 구름에 싣고
파란 하늘 보며 살짝 웃어보렴
한결 기분이 좋아질 거야!
거울은 부드럽게 속삭여요

사는 게 다 그런 거라며
항상 행복의 미소를 짓는
당신을 보고 싶다고
거울은 분홍빛 행복으로 반짝이지요

기쁨으로 가슴 벅찬 날에
삶의 무게로 찌푸린 날에
거울 속 또 다른 나에게
밝은 미소를 지어 보입니다

시인 임재화 편

목차

1. 들국화 연가(戀歌)
2. 풀밭에서
3. 싸리꽃
4. 가을 산행
5. 가을비
6. 노을
7. 달빛 연가(戀歌)
8. 호숫가에서
9. 솔숲
10. 솔 향

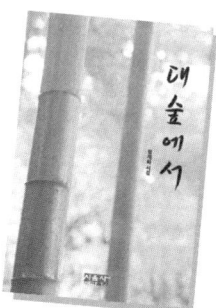

임재화 시집
대숲에서

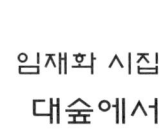 **시낭송 QR 코드**
제　목 : 들국화 연가
시낭송 : 박영애

시작노트

어느새 겨울이 다가오고 뒷동산에도 하얀 눈꽃이 피었습니다. 지난 가을 계곡 모퉁이 길을 돌아갈 때 단풍 잎사귀 하나둘 가을바람에 계곡 물 따라 흘러가는 모습이 너무나 인상 깊었고 맑은 물 흐르는 계곡의 가장자리에 핀 들국화 꽃 바람이 스쳐 지날 때 차창 문을 열고서 맡았던 그윽한 국화꽃 향기를 잊을 수 없어 "들국화 연가(戀歌)"를 지었습니다.

들국화 연가(戀歌)

♪ 시낭송 QR 코드
제 목 : 들국화 연가
시낭송 : 박영애

먼 산자락 저만치서
휘하고 달려오는 가을바람이
살며시 나뭇잎 어루만질 때

이제 떠나도 여한이 없는
빛고운 단풍 잎사귀
서늘한 바람 앞에 몸을 맡기고

하나둘 낙엽 되어서 떨어져
맑게 흐르는 계곡 물 벗 삼아
정처 없이 두둥실 떠나갑니다.

저만치서 달려오는
소슬한 가을바람이 살그머니
들국화꽃을 스쳐 지날 때

차츰 깊어가는 가을날
온누리에 그윽한
들국화 꽃향기 가득합니다.

풀밭에서

개망초꽃 지천으로 널린 풀밭에도
한 줄기 바람은 외면하지 않고 지나고

초록으로 무성한 잎사귀 뒤에서
청포도 같은 은행알이 영글어갑니다.

온갖 이름 모를 잡초가 무성한 풀밭에
그윽한 삶의 향기가 숨을 쉬고

반짝반짝 빛나는 아침 이슬에는
맑은 자연의 숨결이 영롱합니다.

싸리꽃

아직도 떠날 수 없음이에요
온종일 내리는 빗물이
꽃잎을 촉촉이 적시고 있습니다.

빗방울 젖어있는 분홍 싸리꽃
여린 가지 끝에서 슬픔을 가득 품고
차마 떠날 수 없음이네요.

내리는 빗줄기 따라온 바람
수줍어 고개 숙인 싸리꽃 얼굴에
언제나 방긋 웃을까 쳐다봅니다.

가을 산행

가을의 맑은 햇살이
먼 산 능선을 따라 비칠 때
여린 나뭇가지에
서넛 남은 붉은 잎 유난히 반짝입니다.

이마에 땀방울 훔치며
홀로 걸어가는 가을 산행길에
한 줄기 바람이 불어와
가냘픈 억새가 하늘거립니다.

산 능선을 따라 걸어가는데
이따금 노란 낙엽은
머리 위에 떨어져 내립니다.

골짜기 아래 약수터 찾아
시원한 약수 한 모금 마시며
갈증을 풀고 난 후
또다시 발걸음을 옮겨봅니다.

가을비

창밖에
어둠이 짙게 내린 밤

추적추적
가을비 내리고

창 넘어 서 있는
수은등 하나

저 혼자 깜박거리는
불빛이 외롭다.

노을

바람이 잠시
휴식을 위해 그 숨을 고를 때

흰 구름은
가만히 떠 있어 동작을 멈추고

늘 숲에서 들리던
풀벌레 소리도 멎은 이 순간

먼 산 능선 위로
노을이 조금씩 물들고 있습니다.

달빛 연가(戀歌)

어둠이 내린 창가에
조금씩 스며들어와
어느새 달빛이 가득합니다.

찌르르 풀벌레 소리도 정겨운 밤
홀로 고요히 맑은 마음에
고운 달빛이 찾아왔습니다.

서로 아무런 말 없어도
달빛 속에 내 마음 가득하고
내 마음에 달빛 또한 가득합니다.

호숫가에서

가을이 저무는
호숫가에서
한 줄기 찬바람이 불어온다.

붉은 단풍잎
하나둘씩 호반 위에
떨어질 때

멀리 산자락을 둘렀던
가을 안개가
어느새 호반 위에 내려앉았다.

가끔 내리는 빗방울은
호수에 동그라미 그리면서
저무는 가을이 아쉬운 듯
파문을 그려낸다.

솔숲

깊은 계곡 맑은 물이
널따란 바위를 감돌아 흐르고
나무 구름다리를 건너서

솔숲에 들어설 때
서늘한 가을바람 불어오니
솔방울 하나 툭 하고 떨어진다.

숲 속의 청량한 기운이
무거운 마음을 깨끗이 씻어내릴 때
어디선가 그윽한 송이 향이 풍긴다.

밝은 햇살이 비치면
가을비에 씻긴 솔잎은 맑게 빛나고
늘 푸른 솔숲은 언제나 청정하다.

솔 향

장맛비 내리듯이
힘차게 쏟아붓던 가을비 갠 뒤
푸른 산에 맑은 계곡 물이
콸콸 소리를 내고

구름다리를 건너서
청정한 솔숲에 들어설 때
쭉 뻗은 춘향목의 모습이
너무나도 멋스럽다.

초승달처럼 휘어진
구름다리 아래 계곡에서
하얀 물결이 휘돌아 감돌아
흐르고 있을 때

숲 속에 가득한 솔 향과
가슴 깊숙이 들어온 청량한 기운이
그동안 무거웠던 마음을
깨끗이 씻어내리고
오롯이 맑은 송이 향이 그윽하다.

목차

1. 가을 담쟁이
2. 가을 달밤에
3. 9월의 아침
4. 가을의 야곡
5. 가을의 하모니
6. 꽃 무릇 애련화
7. 가을의 향연
8. 철 이른 첫눈 소식
9. 한로일(寒露日)에

시인 정찬열 편

🎵 **시낭송 QR 코드**
제　목 : 가을 달밤에
시낭송 : 노금선

시작노트

사람은 항상 배우면서 느끼고 터득하며 오늘보다 나은 내일을 향한 무한한 추구와 노력의 결실로 이루어짐을 다시 한 번 실감하면서 더욱이 詩를 쓰다는 것은 본인의 사고력과 관찰을 토대로 글로 나타내어 세인들의 공감을 이끌어 내야하는 쉽지 않은 과정 속에 부족함이 많은 본인의 작시(作詩)가 2014년 현대시를 대표하는 특선시인선에 선정됨을 개인적인 크나큰 영광입니다. 선정된 작품에 대한 자부심을 갖기 이전에 더욱더 활발한 노력과 활동을 하라는 정진(精進)의 채찍으로 받아들이면서 특선시인선 선정에 함께해주신 관계자 여러분 들을 비롯하여 대한문인협회 시우(詩友)여러분들 그리고 늘 곁에서 지켜준 가족과 지인 여러분에게 소중한 지면을 통해 머리 숙여 깊은 감사(感謝)의 인사를 올립니다. 감사합니다.

가을 담쟁이

잔솔이 어우러진 숲속에
송목(松木)에 기대 오른
넝쿨 담쟁이
키 높은 나무에 몸을 맡기고
쾌재를 노래하며 손을 흔든다.

기를 쓰고 오른다.
송목은 귀찮다 해도
신세 좀 지자며 기어오른다.
넝쿨손을 놓칠세라 휘어감고 는

오늘은 바람도 없는데
손사래 춤을 춘다.
긴 한숨을 쉬며
초록도 지쳐 버린 가을이 오니

노란 단풍 빨강 멍이 든 신세
그도 이제는 이순(耳順)이 되나보다.
그토록 발버둥 쳐대던 시절도
네 마음 포기한 건 나는 알겠다.

너와 나의 신세가
어느덧 가을인 것을…

가을 달밤에

가을 깊어가는 보름날 밤에
달빛 보시 가는 길 길동무 있어라.
구슬프게 울어대는 귀뚜리 소리
아직은 걷는 길이 남아 있는 밤

돌아올 때 귀뚜리 다시 울려나.
걷는 길 머리위에 하늘을 보니
밝은 달 줄서가는 쫓아가는 기러기
기러기마저 건물 숲에 숨어 버리니
뉘라서 이내마음 달래 줄꺼나

조금 후엔 다시 또 나와 주려나
아쉬움에 또다시 하늘을 보니
외로운 보름달만 반기는 가을 밤
마음은 청춘인 가을 달밤에…

귀뚜리 우는 밤에 기러기 울고
속곳 적신 찬바람은 젖은 땀 식히고
흔적 없는 현판의 세월에 묻은
속절없이 밀려가는 인생살이가

9월의 아침

한여름
침대위에 깔아둔
대나무 돗자리를 걷기에는
아직 이른 저녁 잠자리
창문도 열어 둔 늦더위.
잠자리 들기에는 호감(好感)입니다.

한밤중
등받이에 냉기를 느껴
자리 지킨 이불을 덮어보고
그래도 추위 느껴 잠에서 깨어
거실 창문까지 닫은 후에
어렵사리 고운 잠에 취해봅니다.

새벽녘.
습관처럼 깨어나 눈을 뜨니
들리던 매미소리 여운은 없고.
대신 하는 귀뚜리 합창소리에
구월이 월력(月曆)이 기지개 켠다…

아침시간.
여름잠옷 틈으로 냉기가 숨어들고
아침 까치소리는 변함없어라.
어제 달리 변화되는 계절의 여밈은
소박맞은 더위를 깨우치는 아침.

가을의 야곡

햇빛도 뚫지 못한 잿빛 하늘에
그 속에 잔 구름이 빗금을 친다.
섬을 만든 강 속에 짙푸른 버들 숲
깃털 하얀 백로가 숲을 지킨다.
기웃대며 먹이 찾는 키다리 두루미
자맥질에 교대하는 하는 물새 떼들

은물결도 퇴색 되는 억새꽃 무리
은백색 군무가 도리질 한다.
아마도 가는 세월이 싫은가 보다.
억새 속에 함께하는 갈대꽃에는
눈부시게 빛을 발한 금보라 물결

고개 숙인 꽃대에 앉자 춤추는
참새떼 한 마리가 방아를 찧는다.
아침식사를 즐기나보다.
강물 위 잔 물결 따라
여유롭게 노니는 오리
깃털 휘날리며 먹이 찾는 두루미

흔들대며 춤추는 나뭇잎 속삭임에
갈대와 억새는 어우러져 춤을 출 때
먹이 찾는 물새들 물둠벙하고
무심한 세월의 파도에 따라
한해도 저무는 강변에 가을의 야곡(野曲)

가을의 하모니

해 가린 구름을 쫓아내는
한낮의 오후
자동차 달리는 시골길
은빛 발한 고개 숙인 억새꽃

앞 달리는 차 뒤에다 인사를 한다.
절래 굽실 하면서
덩달아 내려지는 갈색 단풍잎
흩어져 뿌려진 낙엽들
또르르 구르면서 따라간다.

억새꽃 소슬한 가을바람에
어느새 나를 보고
내차에도 반기는 인사를 한다.
앞차 세워 따라서 가기만 하는데

떨어지는 오색 낙엽
군무 이뤄 반기는 억새꽃
오디오에 흘러나온 가을 노래에
깊어가는 가을의 하모니

아! 내가 오늘
11월 금주의 시 당선 소식을
그들은 먼저 알았나보다.

꽃 무릇 애련화

9월의 푸른 하늘이 부르는 곳.
무더위를 밀쳐 나온
선운사(禪雲寺)의 만세루에
넓디넓게 펼쳐놓은
화방이 5～6개에
붉은 꽃잎 토해내도
벌 나비 찾지 않고
구경꾼만 오라하네.
꽃 무릇 꽃 상사화(相思花)

가을을 찬미(讚美)하는
바위틈 숲 그늘에
숫하게 피어 나와
펼쳐내는 붉은 입술.
불타는 꽃잎 지면
열매도 못 맺히고
그리움에 지고나면
만나지 못한 연모의 정에
청(靑)푸른 잎 밀고나와

아련한 사랑담아
애틋한 정(情)만 남겨둔
행여나 만나려나?
모진 겨울 지세우고
더위가 싫었을까?
초여름에 잎은 지고.
도솔암 탐방로엔
젊은 날들은 멀리가고
향기 잃은 붉은 입술.
간절히도 처량하여 붙여보는
애련화(愛戀花)라 부르리…

가을의 향연

영산강변 차로로 변한 재방 길을 간다.
교량 길 밑도는 영산 강변에
바람에 흔들리는 코스모스가 나를 멎게 한다.
아직 철늦은 자태를 뽐내며
턱 밑 찬 가을이 더 있고 싶은가 보다.
절래대는 꽃잎이 가녀롭게 춤을 춘다.
때마침 유모차에 태운 아기를 반기우며
잊지 못해 찾는 사람 반가워서 말이다.

길을 하나 사이 두고 군무 이룬 억새꽃
나를 보고 오라한다.
시물한 바람결에 살살 대는 속삭임
억새 깃털을 간지럼 피며 춤을 춘다.
강아지 꼬리 흔들 듯 흔들면서
한사코 속삭이며 흔들어 대는 억새꽃
살랑대는 유혹에 발걸음은 그곳을 간다.

코스모스와 억새꽃의 향연
벌 나비도 찾아주는 코스모스야 좋으련만
풀이름처럼 억새라서 꽃마저도 억새꽃
향기숙인 억새꽃이 은빛 꼬리를 치고
강변을 헤매 도는 바람에 실려
오가는 사람 손짓하며 오라하는
사각 사각 속삭임에 홀홀히 빠져
어느덧 깊어가는 가을 미로(迷路)에
향취 깊은 객들 가슴에 묻네.

철 이른 첫눈 소식

나뭇잎이 또르르 눈앞을 질주하고
뒤따르는 잡풀잎도 안무하며 따라간다.
회오리쳐 변심하여 질주하는
석양녘의 햇빛 잠든 퇴근길
성큼 다가온 찬바람이 맴돌며
부는 바람 춤추던 나뭇잎을 깨운다.

뇌리 속까지 회오리 기둥을 만들며
집 문을 열고 거실로 들어 설 때
설악산 첫눈 소식이 이목(耳目)을 반긴다.
저녁 7시를 알리며 TV 뉴스가
평년에 비해 15일이 빠르다는 소식
설악산 첫눈이 동행하는 착각 속에

아직 낙엽이 되기에는 싫다는 나뭇잎
소근소근거리며 시위를 한다.
가지 체 흔들리면서…
첫눈이 부르는 소리와
채찍하는 찬바람 격동에
푸른 멍 붉은 멍 겁에 질려 노랗고
파도의 격랑보다 무거운 겨울이
쏴르르 흩어져 내리는 잎들
숙명처럼 오는 세월 쓸쓸한 것을…?

한로일(寒露日)에

막 더운 무더위도
절기를 밀어내고
초가을의 정감을 몰고 오는 오늘은
찬이슬 내린다는 한로(寒露)란다.
더위에 지친 방울이 한이 되어
얼키설키 방울이 풀잎에 맺히면
국화꽃 샘이 나서 화들짝 피어나서
국화향기 구름 따라
머물다가리

간밤에 시름하여
방울방울 맺힌 이슬
부는 바람 간지럼에
낙수되어 버렸고
뜨는 해 반기면서
내일 기약하노라.
인생살이 가는 길도
신바람 밝은 가을 달밤도
풀잎에 맺힌 이슬 떨어지듯 하여
초로(草露)인생(人生)이라하지요

진정 천고마비는
하늘 높고 말이 살찌는 계절은
한로(寒露)에서 길을 찾고
가는 세월 잡지 못하고
상강(霜降)이 오면
멍투성이 쓸쓸한 가을 하늘도
임 그리워 가을 여울 손
찬 서리에 지쳐서
절기는 노년 같은
깊어가는 가을인 것을…

목차

1. 만추(晩秋)
2. 머무는 그리움
3. 고독 위에 핀 꽃
4. 생사의 무게
5. 필연
6. 행복 공장
7. 돌아앉은 비명(悲名)
8. 푸른 여명(黎明)
9. 상흔(傷痕)
10. 별의 향기

시인 조한직 편

🎵 **시낭송 QR 코드**
제 목 : 머무는 그리움
시낭송 : 이경숙

시작노트

무더위에 지친 여름날 시원한 가을이 아름다워 가을이 오기를 기다리는 마음 간절하다. 하지만 막상 가을이 문턱 앞에 턱하고 내려앉는 순간 겉으로는 행복과 기쁨이 가득해 보이면서도 어딘지 모르게 쓸쓸하고 허전함이 도는 것은 부족해서 오는 욕심이 아니라 머잖아 열매를 잃고 잎마저 지울 수 있다는 외로움이 먼저 가슴에 스며오기 때문일 것이다. 풍성하면서도 왠지 허무한 생각을 하게 하는 것은 높이 오른 뒤의 내려가야 하는 낭떠러지를 바라보는 것 같은 느낌이 아닐까 하는 생각이 든다. 그러고 보면 성취하며 걸어온 길이 마냥 행복한 것만은 아니며 앞으로 묵묵히 걸어가야 하는 인생의 무게가 어깨를 짓누르는 설움이 늘 잠재해 있다는 생각이 들기 때문일 것이다.

만추(晚秋)

가을이 가는 소리
추풍은 저 멀리 심산계곡
서러운 갈빛으로 물들이고
높은 하늘은 나를 유혹해
바라보라 말을 하나 하니

쓸쓸히 지난 시간을 뒤돌아
그리운 것들을 하염없이
마음속에 주워담으며
나를 낮추어 겸손함을 일깨운다

세월은 일순간
청춘을 노을로 물들여 놓고
묵묵히 걷는 나그네에
설움을 잊으라 하지만

고독에 지친 나그네
어느새 추풍을 타고
고운 잎 하나둘 설움에 진다.

머무는 그리움

어둠 속의 별빛
새벽으로 흐르고
풀잎 끝 이슬방울 아침을 깨운다

붉어 오르는 태양은 밤의 한기를 침식하며
창 너머 바람이 들던 길엔
나무들의 환의(換衣)가 한창이다

지난 그리움들이 설렘으로 솟아오르고
유리창에 긴 투시의 햇살 한 줌
가슴으로 내려와 닿을 즈음
국화의 진한 향기가 나를 부른다

아직 잊지는 말아야지
사랑이 다시 올 그 날까지
거닐던 언덕 초록이 돋던 날을
가슴속 붉은 정열 몽우리로 피던 때를

도토리 익어가던 가을
달콤한 밀어 속삭이며 바스락
낙엽 밟던 소리를

고독 위에 핀 꽃

어젯밤 꿈속에 부픈 몽우리
오늘은 내 가슴에
한 송이 꽃이 피었네

말간 불빛 아래 피인 꽃 한 송이
시지(時止)에
환한 웃음 넘쳐흐르니
나는
그 진한 향기에 취하였네

풍기는 화술의 달콤함은
몸을 사르는 환희를 느끼며
나는
그 환한 미소에 취하였네

물씬 풍기는 향기에
깊어가는 가을 고독을 녹이며
나는
시간을 잃어버렸네.

생사의 무게

산다는 것은 분명 죽음보다 쉬운 일
잠시 견디기 힘들다 하여
공포의 사도(死道)를 바라보았던가

생로(生路)의 밝은 환희를 떠올려보아라
반드시 솟아날 구멍은 있다

우리에게는 삶의 가치를 찾아
끊임없이 노력해야 할 숙명이 있으며
숙명을 못 이룰지라도
가치를 향하여 찾아 나서야 한다

생각해보면 산다는 것은
결코 만만(晩晚)한 대상이 아니며
황야의 무법자가 되어
거친 가시밭길을 맨발로
헤쳐나가야 할 미로이다

삶과 죽음의 중심축을
칼날 위에 올려놓는다 해도
어느 쪽이 올라가고 내려갈지
알 수는 없다.

필연

사랑과 이별의
메아리가 없는 세상을
어찌 인생이라 말하랴

절망이 없는 세상에
어찌 희망을 품으라 하랴

걸으매 넘어지고
다시 일어설 수 있음이
희망인 것을

바람 불고 비 온 뒤
해 나듯
고난 속의 절망은
희망을 잉태하고 있는 것을

동토 속에서 웅크린 촉들이
봄볕에 돋아나고
끝 닿으면 올라야 하는 것
그것은 필연인 것을

행복 공장

어릴 적 우리 집은 행복공장
아버지와 어머니는 저녁이면 날마다
등잔불 밑에서 새끼를 꼬았으니

어릴 적 우리 집은 행복공장
아버지와 어머니는 저녁이면 날마다
가마니 치는 소리 경쾌했었으니

아버지와 어머니는 밤마다
하루는 새끼 꼬고 하루는 가마니를 치셨으니

기쁨을 꽈내는 소리 사릭 사릭 싸~악
행복 엮는 소리 드르륵 쿵 드르륵 쿵

경쾌한 음정은 고달픈 즐거움
샛별 보며 들로 달 뜨면 공장으로
낮 밤이 없으셨지

너희는, 너희는 아는가?
지금 조국의 이 터전은
임들의 순박한 육신으로 살아온 초석임을
임들의 고뇌 없는 노고였음을

돌아앉은 비명(悲名)

이별은
하나 된 둘이 다시
둘로 돌아서는 비명(悲名)

함께하던 육신과 정신이
멀어지는 비명(悲鳴)소리

직시(直視)하여
시비(是非)를 이해하자

이별의 방관과 조장
그것의 망각과 실종은 어디인가
집안, 동네, 나라꼴이 아니다

혼란한 이별은
행복을 몰아내는 절망과 혼돈 뿐
뉘에 올바른 희망의 싹을
키워갈 짐을 지울 수 있을까

직시하여 상호(相互)
시비(是非)를 이해하자
되돌아 인내의 길을 함께 걷자.

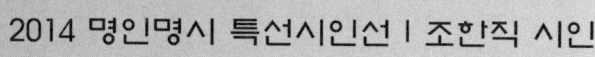

푸른 여명(黎明)

길고 먼
어둠의 고독 속에서
하얀 그리움을
품을 수 있음은
여린 사랑의 움이 트고 있음이다

나에게
다가옴 없이
누군가를 떠올리며
여유로움을 가질 수 있음은
잔잔한 행복의 촉이 트고 있음이다

홀로
고독의 도가니에 갇혀서도
생각하는 자유는
자위할 수 있는 희망의
푸른 여명이다.

상흔(傷痕)

낙화의 사랑도
세월은 기억되는 것
불러도 대답 없고
더는 부를 수 없는
슬픈 이름이여!

멈출 줄 모르는 세월에
고운 흔적 지워질까
두려움이 밀려오면
눈가에 도는 눈물은 아직
남은 애틋함이랴

낙엽 밟으며 묻어둔 밀어들
새록새록 젖어 오면
환희의 되뇜에
떠나보낸 상처가 아직
아픔으로 울려온다.

별의 향기

하얀 별 뒤에 숨은
그대의 파란 그리움을 홀로
하얀 미소로 감추며 바라본다

가련한 마음 처연한 척 모두 잊으려
홀로 서러운 가슴 달래며 속으로 눈물 감춘다

소용없는 미련임을 알면서도
늘 홀로인 채 기다리는 것은
쓸쓸한 외로움 속에서도
한 가닥 희망으로 내게서 남아
별빛으로 반짝이고 있기 때문이다

사랑은 가면 다시 오지 않음에도
그 잊지 못함은
그대의 활화산 같던 정열
너무나 뜨거웠던 열기에

소중한 그대의 모습 지울 수 없으며
그대의 사랑 차마 버릴 수 없기에
저 하늘에서 반짝이는 그대의 영혼이
지금도 별의 향기로 전해오기 때문이다.

시작노트

시인 주응규 편

삶의 강에 흐르는 갖가지 사연을 지닌 이야기는 한 줌의 사랑이 되고 한 줌의 행복이 되어 마음과 마음 사이의 징검다리를 건너 삶의 향기로 가득합니다. 무심히 스쳐 지나기 쉬운 일상의 만남과 이별, 기쁨과 슬픔까지도 아름다운 詩가 되어 우리 곁에 머뭅니다. 2014년 특선시인선, 독자들의 가정에 행복이 깃들기를 소원합니다.

人生은 詩가 되어 흐른다

희비가 갈마드는 인생
파란만장한 인생행로
삶의 갖은 풍상(風霜)

숱한 만남과 이별
행복에 겹던 순간도
불행을 겪던 순간도
흘러 지나고 보면

人生이란 한 편의 영화가
파노라마처럼 펼쳐져
詩가 되어 흐른다.

人生은 詩가 되어 흐른다 中에서

♪ **시낭송 QR 코드**
제 목 : 번뇌(煩惱)
시낭송 : 김락호

주응규 시집

人生은 詩가 되어 흐른다

목차

1. 번뇌(煩惱)
2. 참견(參見)
3. 가을 편지
4. 독선(獨善)
5. 산딸기
6. 山
7. 성류굴(聖留窟)
8. 순리(順理)
9. 무궁화(無窮花)

번뇌(煩惱)

🎵 **시낭송 QR 코드**
제 목 : 번뇌(煩惱)
시낭송 : 김락호

저물녘 앞산에 걸린
어스름이 내리는 강물에
한 많은 사연을 담아
밤안개에 설핏설핏 어려오는 얼굴은
창백한 낯빛을 짓는다

무슨 곡절(曲折)이 저리 많길래
설움을 강기슭에 들부수고
애처로운 눈물을 쏟는가

냉정한 세상인심에 뒤틀린
괴로운 심사(心思) 달랠 길 없노라 시며
강줄기를 매몰차게 휘돌아 흐른다

세상사 모든 근심 걱정을 홀로 짊어진
마음의 강줄기는 용솟음치며
무람없이 어깃장을 놓고는
야속하고 슬프도록 철렁철렁 요동친다.

*용솟음: 힘이나 기세 따위가 세차게 북받쳐 오르거나 급히 솟아오름. 또는 그런 기세.
*무람없다: 예의를 지키지 않으며 삼가고 조심하는 것이 없다.

참견(參見)

이런 변(便)이 있나!

自身이 나아갈
한 치 앞도
분간(分揀) 못 하면서

他人의 앞길에
이러쿵저러쿵
입방아 찧으며 알분떤다

제 앞가림이나
잘할 노릇이지
남을 업신여기며
꼴값 떨고 있다

적반하장도 유분수일세라.

*알분떨다: 아는 체하다의 순 우리말

가을 편지

외로워서 마음마저
단풍 드는 가을에는
그리운 사람에게 편지를 쓰겠습니다

쪽빛 청정 편지지에
청초한 향기를 소복이 퍼 담고
한 땀씩 수를 놓아 곱다랗게 핀
들꽃을 아름 새겨 넣고서
마음 빛인 양
순홍빛 물든 단풍도 동봉하겠습니다

명치끝으로부터 알싸하게 떨어지는
조각난 그리움 하나둘,

가슴 한 편에 꼬깃꼬깃 간직하다
떨구는 한두 방울의
눈물까지도 부치겠습니다

청아한 가을 햇살에
토실토실 영근 마음 빛살이
흐드러지게 퍼지는
님 향한 그리움 속속들이 꿰어
갈바람 편에 배달하겠습니다.

독선(獨善)

타인(他人)의 이목(耳目) 따위는
아랑곳없이
아무도 침범할 수 없도록

자기(自己) 안에
철옹성 같은 장벽을 쌓는다

배타적 이기주의가 팽배하여
포용하는 미덕은 간데없고
허욕(虛慾)에 가득 차
한 치 앞을 분간 못 하는
어리석음을 범하고 산다

양보와 배려는 쫓아내고
좁은 울타리 안에
나름의 잣대로 가두어 놓은
편견 된 아집에 사로잡힌다

삶의 이정표를 따라 걷는
힘겨운 인생길은
더불어 헤쳐가는 것임을
우리네 인생살이라는 것이
순리대로 흘러가는 것임을
무시한 채로 산다.

산딸기

님 오시는 철이면 어김없이
햇빛과 같이 달빛과 같이
산모롱이 길섶에
소담스레 불 밝혀 두시네

불그스름히 담아낸 선홍빛 순정
오뉴월 아씨 보풀어 오른
몽실한 젖가슴에서
농익어 흐르는 젖 내음
실바람 따라 알씬알씬
풍겨오는 설렘 이는 날

산기슭에 사알짝 걸린
뉘엿뉘엿 지는 해
풀숲 덤불에 걸어 두고
드시는 님 뉘라서
뉘 시길래
이토록 절절히 기다리시나!

山

일출의 바램을 담으셨나
일몰의 바램을 품으셨나

해와 달이 노닐다
지나는 자리마다
소리 없이 피고 지는
꽃잎 풀잎은
사시사철 형형색색의
풍치(風致)를 끝없이 펼친다

세월의 긴 물길로 튼
쿰틀어진 비탈길로
속세를 삐쳐나 온
구름과 바람은 번뇌 지고와
한시름을 덜고 지난다

운무의 덫에 갇힌
산짐승과 산새들의 우짖는 소리
산울림으로 고요를 가르면
시각(時刻)의 초침에 매달려

울어 치는 갖은 사연들
다독여 품어 안는다

山은
실다운 너울가지가 있어
봄 여름 가을 겨울을
베고 누워 꿈을 꾼다.

*쿰틀어지다 : 구부러지고 비틀어지다.
*실답다 : 꾸밈이나 거짓이 없이 참되고 미더운 데가 있다.
*너울가지 : 남과 잘 사귀는 솜씨. 붙임성이나 포용성 따위를 이른다.

성류굴(聖留窟)

태백산을 호령하던 호랑이가 엎드려
왕피천의 청정한 물을 마시려는 듯한
경치가 수려한 성류산의
쏟아 내릴듯한 가파른 기암절벽을
측백나무로 지탱하며
억만 년의 신비를 품고 있도다

세상과 연결된 좁은 통로로 들어서면
별천지가 펼쳐지누나
아! 절로 감탄 연발이로세

먼 산속으로부터 굽이쳐 흘러 온
왕피천의 신성한 물을 담은 지하호수는
불가사의한 무량억겁(無量億劫)의
세월을 들이 비취고 있구나

태곳적부터 초간의 간극을 두고
쉼 없이 석회수로 쌓아 올린
아홉 채의 지하궁전은
각양각색의 종유석과 석순 석주의
다채로운 담홍색 빛 그윽하여라

신선들이 한가로이 노닐던 곳이라던가
곳곳이 굽이굽이 깎아지른 듯한
비경(祕境)을 연출하여 놓았구나
일세(一世)에 한 번 볼까 말까 한
신비로운 절경의 지하금강이로세

이억 오천 만 년에 걸쳐

걸작품을 탄생하고도
성에 차지 않는 양
현재도 진행형이라 시네

옛 님 참선하던 자리는 의구한데
성현(聖賢)은 간데없고
억 만년의 세월을 녹인
석회 낙숫물의 낭랑한 울림은
기나 긴 정적을 갈라놓으며
옛 선유사 고승의 장중한 목탁소리같이
마음을 훑어 내리며
세상사 온갖 시름을 달래놓누나!

*성류굴(聖留窟) : 경북 울진군 근남면 구산리 산30에 위치한 지하금강이라 불리는
　　　　　　　천연석회암 동굴.

순리(順理)

인생은 제각기 어떤 용기(容器)에
담기느냐에 따라
각양각색의 삶이 빚어진다.

인생살이는 때때로 길이 아닌 곳을
헛걸음하여 화를 자초하고
진리를 역행하고는 후회한다.

번갈아 웃고 울며 돌아가는 세상
다양한 삶의 적응방식에서
저마다 양껏 채우고도 탐욕에 눈멀어
체면(體面)을 불고(不顧)하고
앙탈을 부리는 사람보다는
상식과 도리를 아는 사람이 되자.

사람아!
사노라면 누구나 한 번쯤은
뜻하지 않게 양심을 저버릴 수 있기에
뉘우치면 용서되고
참된 삶 속에 곱게 새긴 뜻은
잊히지 않으리다.

머물고 가는 모든 인연에
기쁜 마음으로
도리를 다하라고 감사하라고
세상은 늘 타이른다.

순리(順理)를 거스르지 마시라
삶을 아우르는 매개체이다.

무궁화(無窮花)

함초롬히 비추어 오는
올곧은 심지(心地)에
겨레의 애환을 살라
오롯이 피어나는
백의민족의
살풀이 춤사위이어라

단아한 자태 당당한 기품은
세상을 떠받들 듯
겨레의 기상을 드높이는
민족의 혼불이로다

청초하고 고매한 인품은
백날을 피고 지고 또 피어
날마다 새로운 희망을
민족의 가슴마다
심어주는 우리의 꽃

한민족의 얼이 담긴
우리 겨레 삶의 터전
어디라 없이
무궁히 불 밝히는 등불.

시인 주일례 편

목차

1. 가을
2. 낙엽
3. 국밥집
4. 별
5. 억새
6. 가을 편지
7. 발
8. 시가 너를 닮았다
9. 너를 기다리며
10. 은행나무

🎵 **시낭송 QR 코드**
제 목 : 국밥집
시낭송 : 최명자

시작노트

비바람이 불어도 눈이 와도 꽃이 피고 뜨거운 여름에도 언제나 가족처럼 함께있어 좋은 친구입니다. 시는…. 때로는 부족해서 다듬고 다듬다 늪에 빠지기도 하고 그 늪 속을 스스로 걸어 나오기도 하지요, 시는…. 같이 늙고 같이 살고 같이 세상을 보듬는 보석 같은 친구…. 그런 친구가 제게는 시입니다. 눈이 오지요. 아주 많이 옵니다. 언제나 수고하시는 분들께 축복이 내렸으면 좋겠습니다. 감사합니다. 행복하십시요.

가을

마음도
밤도
엎치락 뒤치락

별 끝은
달고
쓰고

심장에서
뽑아내는 저린 바람

끼었구나.
빨갛고
노란 바람

낙엽

겨울에서
가을까지
그냥 오지 않았다.

함박눈을
헤집고 나와

비바람도
이겨내고

뜨거운 여름
제대로 몸을 태워

가을,
이제 가야할 때

국밥집

♪ **시낭송 QR 코드**
제　목 : 국밥집
시낭송 : 최명자

낮에는 하늘도 맑고
바람도 없더니 해떨어지니
얼굴에 닿는 바람 끝이
초겨울 날씨보다 더 시리고 차갑다

여름내내 파리 밖에 없다던
국밥집 문턱에도 따뜻한 국물이
테이블마다 김을 모락모락 내며
허공으로 흩어지기도 하고

밖으로는 벌써 몇년째
맛집으로 티비를 탔던 흔적이
빛바랜 플래카드에 담겨져 있어
마치 시골 허름한 장터 풍경 같기도 했다.

허연 플라스틱 잔에
뿌연 술이 채워지고
고단한 삶이 각자 다른 색으로
테이블마다 쌓이면서
입으로 나오는 삶자락도
술잔에서는 쓸쓸한 낙엽과 같지.

누군가 나가고 또 닮은
그만 그만한 삶이
얼굴을 마주하고 앉아
주거니 받는 인정 많은 술
그 술이 가끔은 서럽다고 운다.

사는 것이 국밥집 풍경 같아도
조금만 배려하면 잘 우러난 사골이지.

별

시컴한 하늘만
별이 많은줄 알았는데
높은 곳에 올라
세상을 보니
샛별 같은 별이
셀 수 없을 정도로 많고
꿈틀거리는
저 별이
또 저별이
내 별이고 네별
꿈도 에뻐
우리처럼 하늘 세상도 별하나 품지.

억새

길가에서
산에서
바닷가에서

밤낮으로
비바람 따라
너는 춤을 추며 오더니

어느새
은빛꽃
눈이 시린 가을

네 앞에
멈춘 심장

바람 한줄
격하게 줄을 긋고
나도 너처럼 살랑인다.

가을 편지

차를 타고 조금만 나가면
추수 끝난 논이나 밭을 보기도 하고
도로가에 뜸이 잘든
빨간 나무가 서 있기도 하지요.
가을 산통이 절정인 산을 보면
곧 태어날 아기 겨울을 보기도 해서
벌써부터 마음에서
서늘한 기운이 꿈틀거리기도 합니다.
가을과 겨울이 오고 가는 골목 한페이지에
예쁜 낙엽처럼 내가 끼어
호수에 잠기 잎새처럼 외로운
또 다른 나에게 꾹꾹 눌러 보내는 편지.

발

가장 수고하고
가장 힘든 너를
가장 멀리 하고
가끔은 잊기도 했다.

거리를 지나
골목을 지나
집에 왔을 때
맨살 드러낸 너를 보고 멈칫 했지.

왜 네가
어머니로 보일까…

시가 너를 닮았다

향기 있는 꽃처럼
그대 메마른 심장으로
고요히 퍼지는
아침 햇살 같은 시는
사람과 나무와
깊은 바닷속
어린 물고기들의
순수한 웃음 소리처럼
맑고 고와 은근히 마음 깊은
너를 닮았다,

너를 기다리며

너를 기다리며 은행나무가
바로 보이는 창가에 앉아 있었다.
해지는 허름한 거리 끼고
가끔씩 지나는 차들과
아직 익지 않은 은행나무에
시선이 박혀 바람이 지나는 것을 봤고
그때마다 시선은 입구로
탁자로 창밖으로 옮겨 다녔다.
그때, 살점이 반은 떨어져 나간 너를 봤지.
바람이올 때마다 처연한 몸짓은
어떻게든 이 세상 한번 버텨보겠다는
뜨거운 아우성이 보여
너를 기다리는 이 시간이
얼마나 소중한지 알았고
다시 너를 만나면 아낌없이
내 심장에 사는 사람
그 사람 애기를 해주고 싶었다.

은행나무

이슬 먹은
노오란 비단길

그대 지나고
사뿐 나도 지나고

달빛따라 사라진
서늘한 바람
너도 지나

은행나무는
밤새 이별을 했었다.

시인 최홍연 편

🎵 **시낭송 QR 코드**
  제 목 : 꽃이 되고 싶어
  시낭송 : 이경숙

목차

1. 어쩌면 좋을까요
2. 그대가 그리운 밤
3. 나목(裸木)
4. 달맞이꽃
5. 진달래꽃사랑
6. 매화꽃핀 아침
7. 당신은 내 사랑의 전부
8. 물망초
9. 가을
10. 꽃이 되고 싶어

시작노트

풀 사이 돌 틈에 숨어 핀 쑥부쟁이처럼 아직은 사랑할 때인가. 질펀하게 야생 꽃잎 흐드러지면 망상처럼 문득 스치는 그리움, 지독하게 네가 보고 싶다. 만남이 돌고 도는 세상 오묘한 삶 속에서 따뜻한 참 인연으로 당신과 내가 피워 올린 달콤한 사랑의 향기는 세상에서 가장 멋진 끝도 없는 사랑의 진리일진데 사랑 가득한 세상에서 애련한 기운을 빌어 가슴 파고 드는 정념으로 청초하게 피어나는 들꽃처럼 지천 명을 넘어 남은 생애 더욱 은밀한 유혹으로 사랑을 먹고 사는 당신과 나의 운명의 인연 살아가는 행로에 기쁨이 되고 빛이 되는 별이 되고 싶다.

어쩌면 좋을까요

얼마나 더 그리워해야
기다림의 끝이 오나요?

이 애달픈 사연을 누구에게
하소연해야 하나요?

진실한 사랑으로 붉게 타는
아름다운 내 영혼마저 산산이 부서져
그대 안에 머물고 싶어요

영원히 꺼지지 않는
그리운의 불꽃은
아름다움마저 슬픔으로 승화되어
차라리 가슴이 없었으면
아픔도 없었겠지요

그대가 그리운 밤

그대가 그리운 밤입니다
촛불 앞에서
가슴에 담은 한 사람

신혼초야의 새색시처럼
설레고 흥분되는 가슴
두려움에 떨리는 간절한 그리움

가슴에 담은 운명
남은 생애 혼을 다해 사랑할 사람
오, 보고 싶은 그대

내가 살아가는 이유가 된 당신
그대가 그리운 밤입니다

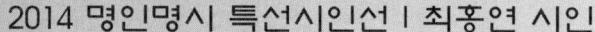

나목(裸木)

눈에서 멀어지면
마음에서도 멀어진다는데

함박눈 내리는 날에
버려진 기억을 추억하며

속으로 우는
고된 설움,

정지된 그리움을 안고
바람이 지나간 자리

흘겨보는 외롬
그래 사랑은 아픈거야

달맞이꽃

그리워요
보고 싶어요

달빛 물들이며
교태의 몸짓으로

간밤에 쌓은
사랑의 죄

죄다 바람에 날리고
햇볕에 토닥이며

간절한 기다림의 소망으로
꽃대를 세웁니다

진달래꽃사랑

봄 비 내리는 날
가득한 그리움 태우며

허기진 情의 세월 가고
저 강이 깊어지면

천상의 달빛 유혹 같은
애절한 두견새 전설처럼

가슴 속 작은 별 하나
그대 사랑이고 싶어

맑고 고운 영혼의 분홍 꿈
깨지 않았으면…

매화꽃핀 아침

꿈에도
당신 그리워
아침부터 눈이 내리고

순정 품은
매화 꽃망울마다
붉은 정념 가득한데

찬바람 맞으며
눈이 내린 후에는
사랑이 올까

봄을 시샘하는
골목길에서
오늘도 너를 꿈꾼다

당신은 내 사랑의 전부

나를 더욱 아프게하는
끝없는 그리움
희숙아 우리 사랑을 하자

강가에 서 있어도
바람에 흔들리지 아니하는
나무 한 그루의 소망처럼
버리지 못하는 욕심으로

그대에게만 향하는 마음
어쩔 수 없어요
생각만해도 가슴이 뛰는
당신은 내 사랑의 전부인 걸요

물망초

너는 모를 거야
가슴에 묻어둔
못 견디게 그리운 임

잊히지 않으면 그리워하자
그리움이 유성처럼 흐르는 밤
당신도 나처럼 가슴이 뜨거울까

나를 생각할까
정말 보고 싶은
언제나 그리운 그대

가을

어디쯤일까
하늘 문이 열린 논두렁에
가을 햇살이 내리면
도란도란
갈참나무 잎 사이 솔바람 정겨워라

하늘도 외로워 산에 숨어들고
고운 산에 가을이 배어들면
억새풀 사이 사이
구절초 사랑, 애절하여라

풀잎 끝, 바람에 이슬 날리고
그리움 바람결에 묻어오는 날
많은 나날 아파하지 않도록
영원토록 하나의 사랑이고 싶어라
당신이란 나무에 피는 한떨기 꽃으로

꽃이 되고 싶어

♪ **시낭송 QR 코드**
제　목 : 꽃이 되고 싶어
시낭송 : 이경숙

내일은 사랑하다가 헤어져
정녕 그대를 잊을 수 없다면
나는 한송이 꽃이 될래요

가슴은 슬프지만 웃는 꽃
지순한 연정으로
불타는 사랑으로
끝없는 갈망으로
모두 가슴에 담아
천 년으로 피어나는 사랑 꽃

오래도록 가슴으로 사랑하다
헤어져 잊을 수 없으면
나는 한 송이 꽃이 될래요

현대시를 대표하는

특선시인선

(사)창작문학예술인협의회가 추천하는 대표시인

* 지 은 이 : 김락호 외 35人

　　　　　　 강승희, 경규민, 공재룡, 곽종철, 김광섭, 김락호
　　　　　　 김미경, 김수잔, 김옥자, 김유한, 김은식, 김은정
　　　　　　 김일선, 김철호, 김화영, 도성희, 문은자, 박근철
　　　　　　 박목철, 배태성, 백낙은, 송준혁, 신영희, 안선희
　　　　　　 안정순, 염규식, 이유리, 이은성, 임세훈, 임숙희
　　　　　　 임재화, 정찬열, 조한직, 주웅규, 주일례, 최홍연

* 펴 낸 곳 : 시사랑음악사랑
* 발 행 인 : 김락호
* 디 자 인 : 한지나
* 편　　　집 : 박영애, 한지나
* 초판 1쇄 : 2013년 12월 14일

* 주　　　소 : 대전광역시 중구 중촌동 12-2 중도빌딩 311호
* 연 락 처 : 1899-1341

* 홈페이지 주소 : http://www.poemmusic.net
* E-mail : poemarts@hanmail.net

정가 / 22,000원
ISBN 978-89-91664-73-9 03800